AF191790

Sasema Amon

Die Kirschbaumrose

Für

Adrian (2001)

E.Nathalian (1976-1993)

und S.Salvatore (1975-2009)

Bibliografische Information der Deutschen Nationalbibliothek:
Die Deutsche Nationalbibliothek verzeichnet diese Publi-kation
in der Deutschen Nationalbibliografie; detaillierte bibliografische
Daten sind im Internet über http://dnb.dnb.de abrufbar.

Illustration: Sasema Amon
weitere Mitwirkende: Christian Nitsch

Herstellung und Verlag: BoD – Books on Demand, Norderstedt

ISBN: 978-3-8391-2394-2

Vorwort

Geneigte Leserschaft! Gestatten Sie mir Ihnen drei von unendlich vielen parallelen Welten vorzustellen. In der ersten lesen sie die Erinnerungen einer Hauptfigur(*), in einer zweiten wird über diese Hauptfigur berichtet, und in einer dritten werden Sie einen Mörder begleiten, auf seinem ganz eigenen Weg in die beiden anderen Welten.

Prolog

Einst durchstreifte ich meine Welt, auf der Suche nach deinen wassergrünen Augen. Einst glaubte ich, ich könnte nicht ohne dich leben. Einst war ich verloren ohne dich. Dann fand ich eine Möglichkeit dich wieder zu sehen, gebunden in schwarzes Leder, handschriftlich verfasst, durchtränkt von schwarzer Magie. Ich verfiel diesem Buch, dem Ritual, meiner tief empfundenen Sehnsucht nach dir. Ich lebte wie in einer immer wiederkehrenden Melodie, habe jede Nacht von deiner Auferstehung geträumt, und mich in meinem Leid eingehüllt um Kraft zu schöpfen. Mein Leib war ein Kerker, den ich nicht zerstören konnte, und so blieb ich hier, während du von mir gingst. Ich habe für dich getötet, habe für dich gelitten, bin für dich zwischen den Welten gereist, und habe dich gefunden. Doch in der einen Welt warst du unerreichbar, in der anderen entdeckte ich die Wahrheit. Die ganze schreckliche Wahrheit über mich selbst, dich, und allem, was ich getan habe.

*

*Es war bereits das vierte Mal als sie in mein Taxi stieg, doch sie sah von Mal zu Mal schlimmer aus. Ich fuhr sie wieder direkt in die Notaufnahme, half ihr aus dem Auto und brachte sie zu einer bereits wartenden Schwester. Ich hatte uns telefonisch angemeldet. Nicht gerade üblich für Taxifahrer. Aber diese junge Frau erweckte wohl so eine Art Beschützerinstinkt in mir. Was nicht zuletzt ihrem Aussehen zu verdanken war. Ich war schlichtweg fasziniert von ihren grünen Augen, in denen soviel Leid zu lesen war, und der ungezähmten Sinnlichkeit die sie ausstrahlte. Ich habe bis zu jenem Abend nicht viel mehr mir ihr gesprochen als unbedingt notwendig war. Doch diesmal versprach ich ihr zur Polizei zu gehen. Mit oder ohne sie.

Am darauffolgenden Morgen rief sie mich an. Sie wurde auf eigenen Wunsch entlassen und wusste nicht wohin mit sich. Mein Versprechen hatte Wirkung gezeigt. Ich brachte sie zur Polizei und begleitete sie durch das Prozedere der Anzeige. Was sie allerdings zu Protokoll gab ließ mich die Welt in einem anderen Licht sehen. Sie hatte eine angebrochene Rippe, eine gebrochene Nase und eine Platzwunde an der linken Schläfe. Die vielen blauen Flecke würden mit der Zeit verschwinden. Doch die Verletzungen im Gesicht würden sie ein Leben lang und bei jedem Blick in den Spiegel an den einen Menschen erinnern, der ihr das alles angetan hatte. Da sie seit ein paar Tagen achtzehn war wollte sie nicht mehr zurück. Sie hatte aber nicht genügend Geld für ein eigenes Leben. Also nahm ich sie mit zu mir. Ich habe diese Entscheidung nie bereut, denn die Jahre mit ihr waren mit die schönsten meines Lebens.

Das Ende dieser Zeit näherte sich geradezu auf unheimliche Weise. Wir waren bereits seit fünfeinhalb Jahren zusammen, da begann sie zu träumen.

Entsetzliche Träume, die sie mir erzählte, und auf meinen Rat hin auch aufschrieb. Einer davon blieb mir besonders im Gedächtnis. Denn er war mehr als unheimlich. Sie sah sich selbst aus der Vogelperspektive, an einer Stelle im Wald stehend, die wir gerne für unsere privaten Stunden nutzten. Es war eine Lichtung. Nicht sehr groß, nur etwa zwanzig Quadratmeter und direkt an einem kleinen See. Dort stand sie also, den Blick gen Himmel gerichtet und weinte Tränen aus Blut. Sie hob seitlich beide Arme und sagte immer wieder die Worte „inter flores cerasi flos rosae". Schließlich färbte sich der See blutrot und stieg über das Ufer, bis sie unterging und ertrank. Sie träumte noch viele andere solcher Ungeheuerlichkeiten. Erst kurz vor ihrem Tod verstummten diese Träume.

Als sie zum ersten Mal einen Albtraum hatte fanden wir es eine gute Idee, bei nächster Gelegenheit einen Spaziergang zu machen. Wir hatten beide Nachtschicht und ließen den Morgen am See ausklingen. Unsere Lichtung lag, vor neugierigen Blicken durch Gebüsch geschützt, unweit des Ufers. Es war Sommer und wir beschlossen zu baden. Wie immer war ich vor ihr im Wasser und schwamm gen Mitte des Sees. Hielt jedoch abrupt in der Bewegung inne, als ich Naemi schreien hörte. Aus Angst um sie schwamm ich so schnell ich konnte wieder zurück zum Ufer und eilte zu ihr. Sie war in Tränen aufgelöst und zeigte auf einen umgestürzten Baum, der halb im Wasser lag. Daran hatte sich etwas verhangen. Bei näherer Betrachtung reagierte mein Magen mit Entleerung. Ich rannte zur Lichtung und zog Naemi mit mir. Zitternd fand ich mein Handy und rief die Polizei. Es war der 12.06.2001.

So gut ich eben konnte, beschrieb ich den Beamten den Weg zum Fundort der Leiche. Ich werde diesen Anblick wohl niemals wieder vergessen können. Es war die Leiche einer sechzehnjährigen, auf ein Holzkreuz gebunden, welches an dem im Wasser liegenden Teil des umgestürzten Baumes hängen geblieben war. Seltsame Zeichen und Symbole waren über den ganzen Körper verteilt in die Haut des Mädchens geritzt. Alles weitere konnten wir tags darauf in der Zeitung lesen. Sie hatte gerade erst ein paar Stunden im Wasser gelegen als Naemi sie entdeckte. Der Kriminalbeamte, der die Untersuchung in diesem Fall leitete, war Beltheim. Ihm verdanke ich mein Leben. Auch wenn Naemi einen unheilbaren Schatten auf meinem Herzen hinterlassen hat bin ich sehr froh darüber, noch am Leben zu sein.

Der Name des toten Mädchens war Helena Gota. Sie war ohne jede Übertreibung eine Schönheit, und hatte eine erschreckende Ähnlichkeit mit Naemi. Langes, schwarzes Haar, blassblaue Augen und einen wohlgeformten Körper. Was auch immer ihr zugestoßen war konnte nie genau rekonstruiert werden. Sie starb an einer Überdosis Heroin, wobei die Konzentration wohl eine ganze Kompanie getötet hätte.

Beltheim befragte mich und Naemi noch am Abend des 12. Juni. Er zeigte sich mitfühlend, rückte jedoch weitere Ergebnisse zunächst nur sehr sparsam heraus. Das änderte sich im Lauf der Zeit, als er mein persönliches Interesse für Okkultismus entdeckte. Womit ich meinen Teil zur Ermittlung beitrug indem ich die meisten der Symbole auf der Haut der Leiche entschlüsselte. Viel Kontakt hatten wir eigentlich nicht, Beltheim und ich, anfangs zumindest. Als das mit Naemi passierte zog ich mich ein paar Tage zurück, doch dann versuchte ich meinerseits immer intensiver an Informationen zu kommen. Was letztlich zu mehr Überraschungen führte, als mir lieb war. Heute sehe ich alles in einem anderen Licht. Doch die dunkle Stelle um Naemi wird wohl niemals heller werden.

Unter dringendem Tatverdacht stand Helenas Freund Sebastian Koch, der in der Szene für seinen Drogenkonsum berühmt und seinen Ruf als Schnitter berüchtigt war. Er war damals neunzehn, ein Anhänger der schwarzen Szene und Aleister Crowleys. Ich kannte ihn nicht sehr gut, traute ihm aber eine so abartige Tat nicht zu. Ich sollte Recht behalten. Als ich von seiner Verhaftung durch die Zeitung erfuhr, konnte ich mir bildlich vorstellen, wie er die Aufmerksamkeit genoss. Seine langen blonden Haare im Gesicht hängend, mit arroganter, starrer Miene im Verhörraum sitzend und wohl wissend um seine Unantastbarkeit kontinuierlich schweigend, während sich die Beamten förmlich den Mund fusselig redeten. Wie immer war es sein steinreicher Vater, der die besten Anwälte aufmarschieren ließ um ihn wieder auf freien Fuß zu kriegen. Was sich allerdings als unnötig erwies, denn Sebastian hatte ein Alibi. Durch mich, ich hatte ihn höchstpersönlich mit dem Taxi auf seiner Kneipentour chauffiert, genau in dem Zeitraum, indem Helena getötet worden war. Ich ging selbst zur Polizei um auszusagen, nachdem ich von seiner Verhaftung aus der Zeitung erfahren hatte. Alles in allem befand sich Sebastian gerade mal zwei Tage in Untersuchungshaft. Die Folgen der Hausdurchsuchung waren eine andere Geschichte. In seinem WG-Zimmer waren unter anderem etwa 140 Gramm Heroin gefunden worden.

Als der Tag von Helenas Beerdigung nahte entschieden Naemi und ich, dass es angebracht sei daran teilzunehmen. Die halbe Szene rückte an. Allen voran Sebastian, mit seiner üblichen Anhängerinnenschar im Schlepptau. Was wir, gelinde gesagt, doch sehr unpassend fanden. Die Eltern der Verstorbenen hatten den Freund ihrer Tochter nie gemocht. Es kam noch während der Beerdigung zu Streitigkeiten, Vorwürfen und letzten Endes zur Schlichtung durch den Pfarrer, der sich mehr als erbost zeigte. Vielleicht war das die passende Gelegenheit für diesen kranken Irren sich ein neues Opfer zu holen. Helenas beste Freundin Lillith verschwand während der Beerdigung. Für einen Monat. Danach tauchte sie wieder auf. Nackt. Auf ein Holzkreuz gebunden. Mit seltsamen Zeichen in die Haut geritzt. Im See treibend.

An diesem heutigen Tage feiern wir ein Fest zu deinen Ehren. Mein Sohn, du kamst zur Welt indem du deine Mutter tötetest. Das ganze Camp ist von Ehrfurcht erfüllt ob deiner sagenhaften Geburt. Kaum warst du geboren erlosch das Lebenslicht deiner biologischen Brutstätte. Es wird deine Aufgabe sein nach mir der Meister zu werden. Für deine Ausbildung kommen nur ich und die Besten der Besten in Frage. Zu deiner Geburt schenke ich dir eine Ausgabe des Liber Al Vel Legis, damit du von Anfang an die weisen Gesetze alles Wahren verinnerlichst. Du wurdest für eine ganz bestimmte Aufgabe geboren. Ich werde dich darauf vorbereiten. Die finanziellen Mittel fließen reichlich, bislang habe ich erfolgreich alle deine Geschwister verkauft. Das Camp leistet gute Arbeit. Eine unerlaubte Schwangerschaft fand heute ebenfalls ein Ende. Das Ergebnis werde ich heute zu deinen Ehren verspeisen. Die biologische Brutstätte wird unter den Mitgliedern des Camps aufgeteilt. Heute Nacht werden ausnahmsweise keine weiteren Objekte gezeugt. Dies nur zu deinen Ehren. Die Prophezeiung hat sich erfüllt. Die Welt liegt dir zu Füßen, sie wissen es nur noch nicht. Von heute an in zwanzig Jahren beginnt deine Mission. Du wirst die Kette weiterführen. So wie ich,

dein Großvater, und seine Vorfahren. Bis der größte aller Meister wieder zur Erde zurückkehrt und du sein oberster Diener wirst. >Tu was du willst, soll sein das ganze Gesetz. Kein Gesetz wider Willen!<
Durch die Gründung des Camps habe ich die Voraussetzungen für das Meisterwerk geschaffen, doch es häufen sich die Leichen der jungen Frauen die ich bereits besessen habe. Ihre Kinder, alle von meinem Samen, verkaufe ich in die ganze Welt. Nie vergessen werde ich das erste Kind deiner biologischen Brutstätte, ich habe es vor ihren Augen gegessen, gut durch und knusprig. Doch war sie bereit, das Opfer zu geben. Mein Einfluss hier ist allumfassend. Die besten Voraussetzungen für dich, mein Sohn, denn du bist der Richtige.

>Notiz: Was ich hier lese erfüllt mich mit Abscheu. Das ist kein Tagebuch, sondern ein zweiter De Sades. Der Verfasser muß hochgradig irre gewesen sein. Und dennoch, es ist mein Weg den ich gehen muss, um meinen Frieden wieder zu finden. Ich weiß nicht mehr wer ich bin, was ich bin. Ich habe viele Bücher gelesen, doch die Welt ist mir entfremdet. Es gibt kein Zurück, keinen Blick in mein Innerstes, nur der Zorn auf mein verdammtes Schicksal. Zerfressen, leer, wie eine Marionette sind mein Verstand und meine Seele, sofern ich noch eine habe. Dich zu verlieren war das Ende meines Lebens wie ich es kannte und liebte. Mein Leben gehört nicht mehr mir. Es gehört dir allein und dient diesem einen Zweck, dem ich mich wie unter Zwang ausliefere. Kein Schmerz ist so brutal wie das Leben in allumfassender Isolation. Doch ich bin ob deines Verlustes verzweifelt genug um dies auf mich zu nehmen. Meine Kraft schöpfe ich aus meinem Wissen darüber, dass dieser Zustand endlich ist. Ich werde frei sein, sobald meine Aufgabe erfüllt ist und du in meinen Armen liegst.

Sie hatte ganze Arbeit geleistet. Als sie erwachte war es noch oder schon wieder Nacht. Sie lag zusammengekauert in ihrer Wanne und versuchte ihre Umgebung zu erkennen. Irgendetwas hielt sie fest... Nein – sie klebte fest. Ihr eigenes Blut, das mittlerweile getrocknet war, klebte überall an ihr und der Wanne. Als sie versuchte aufzustehen wurde ihr schwindlig. >Siehst du<, sagte sie zu sich selbst, >du bist sogar zu blöd dich umzubringen<. Enttäuscht hievte sich sich über den Wannenrand und kroch auf allen Vieren in Richtung Wohnungstür. Irgendwo waren doch die Schlüssel...

Sie fand ihren Schlüsselbund und kroch aus der Wohnung. Da sie im ersten Stock wohnte, rutschte sie die Treppe am Geländer entlang auf ihrem Hintern Stufe für Stufe nach unten. Als sie auch die Haustür überwunden hatte kroch sie zu ihrem Auto. Allerdings wurde ihr mehrfach schwarz vor Augen. Sie schaffte es tatsächlich noch auf den Fahrersitz und startete den Motor. Sie fuhr los. Eigentlich wusste sie gar nicht wohin sie wollte. Bis sie auf den Parkplatz an dem kleinen See rollte, in dem Sebastian etwas begonnen hatte, was sie nun vollenden würde. Statt auf die Bremse zu steigen ließ sie den Wagen einfach ausrollen, und so bremste dieser im Gebüsch. Egal. Lavinia plumpste aus dem Auto und kroch auf den See zu. Nicht weit von der Stelle, an der sie mit Sebastian den Sonnenuntergang genossen hatte, brannte ein kleines Feuerchen. Egal. Ein paar schwarz gekleidete Gestalten saßen darum versammelt Waren es zwei oder drei, oder doppelt so viele? Egal. Sie kroch bis hin zum Ufer, jetzt war es bald geschafft. Sie war schwach, sie würde das Ertrinken vielleicht gar nicht bemerken. Und alle Menschen dieser Welt würden sie dafür lieben. Dafür, dass sie diese Welt von sich erlöst hatte. Endlich würde sie geliebt werden. Sie war ihrem Ziel schon so nah...

nur noch ein ganz kleines Stück...

Ihr Kopf verschwand langsam unter Wasser. Ihr Wahn hatte gesiegt. Kälte war alles was sie noch spürte, und dann spürte sie nichts mehr.

„Sei vorsichtig! Großer Gott, wie sieht die denn aus?"

„Wie jemand der es ernst meint. Ralf, ruf sofort den Notarzt! Aber pronto, wenn ich bitten darf! Noch atmet sie!"

„Fahr sie doch mit deinem Taxi in die Notaufnahme."

„Verpiss dich und telefoniere!"

Sela legte Lavinia behutsam auf ihren Mantel. Warum wohl eine so schöne Frau sich so etwas antat? Mary erriet ihre Gedanken und sagte zu Sela: "Hat sich bestimmt mit nem falschen Kerl eingelassen."

„Notarzt ist unterwegs. Hier gibt es zwei Parkplätze, ich geh mal nach vorn und lotse die Lebensretter direkt zu deinem guten Werk für heute."

„Ralf....."

„Verpiss dich, ich weiß."

Sela erfuhr von dem Notarzt nur, in welches Krankenhaus sie gebracht wurde. Durch den Notruf von Ralf war die Polizei ebenfalls informiert, und die drei Retter standen noch an Ort und Stelle Rede und Antwort.

Doch am darauffolgenden Tag hielt es Sela nicht mehr aus und fuhr ins Krankenhaus, um sich nach dem Befinden der fremden Schönheit zu erkundigen. Da sie viel Blut verloren hatte war ihr Zustand kritisch. Weitere Auskünfte erhielt sie jedoch nicht, geschweige denn, dass sie sie auf der Intensivstation besuchen durfte. Schließlich war sie keine Verwandte. Deshalb fuhr sie jeden Tag dorthin. Knapp vier Tage nach dem Ereignis war sie ansprechbar und auf einem normalen Krankenzimmer. Endlich konnte sie dieses arme Wesen besuchen. Sie erlebte keine Überraschung, denn der emotionale Zustand der Patientin ließ, wie vermutet, mehr als nur zu wünschen übrig. Sela stelle sich vor und erzählte was passiert war. Noch würde sie keinen Dank ernten, das wusste sie. Doch sie hatte keine Erwartungen. Noch nicht.

Nach ein paar Tagen sah die Welt schon anders aus, denn der tägliche Besuch gefiel Lavinia zusehens. Es entwickelte sich anfangs eine Freundschaft, aus der mit der Zeit mehr wurde. Sela erfuhr was zwischen deren Exfreund Sebastian und Lavinia vorgefallen war, und begann ihn zu verachten. Vier Monate nach dem Suizidversuch von Lavinia stellte sich heraus, dass sie von Sebastian schwanger war. Es war für die beiden Verliebten zunächst ein Schock, doch nach reiflicher Überlegung beschlossen sie, dass neue Menschlein willkommen zu heißen. Hätten sie gewusst, was dadurch auf sie zukommen würde, wäre ihre Entscheidung wohl anders ausgefallen. Zunächst einmal bezogen sie eine gemeinsame Wohnung. Groß genug für sie beide und Lavinias Kind. Sela nahm für die zusätzlichen Kosten auch Aufträge an die sie zuvor abgelehnt hatte. Das Taxi war nun bis auf die Unterstützung vom Amt für Lavinia die Hauptverdienstquelle. Eines Abends erhielt sie einen Auftrag von einer Kneipe, die eigentlich ein Bistro war. Zwei Herren seien abzuholen. Sie fuhr hin und ging an die Bar, um die Fahrgäste ausfindig zu machen. Die zwei Herren waren betrunken und redselig. Sie erzählten auf ihrer Fahrt, quer durch Berlin, von einer Leiche die in einem See gefunden worden war. Die Herren entpuppten sich als Pathologe und Kommissar des Landeskriminalamtes. Beltheim, der Bulle, saß vorn auf dem Beifahrersitz. Dr. von Gutenberg lümmelte auf den hinteren Sitzen und erklärte groß und breit, wie das junge Opfer ums Leben kam. Da er als erster ausstieg war es nun an Beltheim, die Fahrerin zu unterhalten. Sela hörte aufmerksam zu und erzählte ihrerseits, während sie den betrunkenen Kommissar nach Hause brachte, was sie darüber dachte. Er zahlte, nahm sich eine von Selas Karten und stieg aus. Nachdenklich blieb Sela zurück und kaufte sich am Morgen nach ihrer Nachtschicht eine Zeitung. Da stand es. Eine junge Frau war nicht nur vergewaltigt, sondern auch noch verstümmelt und ermordet worden. Als sei das noch nicht genug fand man sie auf einem Holzkreuz festgebunden in einem See treibend, und zwar nackt.

In den nächsten Tagen wurde jemand verhaftet, der vor dem Tod der jungen Frau ihr Freund gewesen war. Es handelte sich um niemand anderen als Sebastian Koch.

„Dieser verdammte Hurensohn!"

„Du hast ja recht, aber schrei bitte nicht so herum. Deshalb wird sie auch nicht wieder lebendig."

„Du musst zur Polizei gehen und aussagen, was er dir angetan hat. Oder ich mache das."

„Sela, ich will aber nicht. Ich will nicht, dass jeder weiß, na was eben passiert ist. Das ist meine Sache."

„Gut, aber jemand muss diesen menschlichen Abschaum aus dem Verkehr ziehen. Und wenn ich das selbst erledige."

„Und was wird dann aus mir?"

„Glaubst du etwa, ich bin so blöd und mache das vor Zeugen?"

„Was hast du denn vor?"

„Besser du weißt es nicht. Vielleicht mache ich ja auch gar nichts. Wer weiß das schon."

„Ich kenne dich, dein Gehirn geht schon wieder spazieren, woran denkst du, ich will es wissen!"

„Ein paar Gramm Heroin sollten reichen."

Dr. Arnold von Gutenberg, von seinem Freund Kommissar Richard „Richie" Beltheim auch liebevoll „Arnie" genannt, saß mit eben diesem gerade in seinem

Büro bei Kaffee und Schwarzwälder Kirschtorte. Arnie liebte den Geschmack von Süßem über alles. Das hatte angefangen als er seine jetzige Stelle antrat. Direkt gegenüber der Gerichtsmedizin gab es eine Cafeteria mit einer herrlichen Auswahl an Sahnesünden. Arnie sagte stets: „Wer mit so viel Tod konfrontiert wird, wird süchtig nach Leben!"

Damit meinte er alles was er an Essen in sich reinstopfte zu legitimieren. Unsinniger Weise, denn man konnte Arnie nicht eine einzige Sahneschnitte ansehen. Im Gegenteil. Richie brachte immer mindestens drei Tortenstücke für seinen pathologisachen Spargeltarzen mit und begnügte sich mit einem, das er niemals ganz aufaß, weil Arnie immer so darauf schielte...

Beltheim ging immer dann zu seinem Freund wenn er verzweifelt war. Als die Tragödie um seine Frau ihn fast zermürbte hatte Arnie ihn ins Cafe gegenüber mitgenommen, und ihm eine anständige Dosis Zucker verpasst. Schockoladen-Mocca-Creme hatte ihre Freundschaft damals besiegelt. Als Arnie sich Richie`s letzten Bissen geschnappt hatte, trank er einen großzügigen Schluck Kaffee und rückte auf vertraute Art und Weise mit dem Daumen und Mittelfinger der linken Hand seine Brille zurecht bevor er fragte:

„Ja, nun denn, was lässt dich nicht schlafen und entsprechend aussehen?"

Beltheim konnte sich daraufhin ein Schmunzeln mal wieder nicht verkneifen, sagte aber nichts dazu. Er legte in gewohnter <Moment, ich muss mal nachdenken>-Manier seinen Zeigefinger auf Kinn, Lippen und Nasenspitze, und kurz darauf benutzte er seinen Zeigefinger als Taktstock um seine Antwort formschön zu dirigieren:

„Ich brauche den Mörder. Den richtigen Mörder. Denn den falschen hab ich schon. Haben wird irgendetwas übersehen? Geh mit mir den Fall durch, ich brauche dein nüchternes Urteil und eine Empfehlung für einen wirklich guten Psychologen, den ich auf diesen Herrn Koch ansetzen kann. Oder gleich auf mich selbst."

„Aha. Wir erinnern also gemeinsam den Fall <Helena Gota>. Okkultismus war noch nie deine starke Seite, ist es nicht so?"

„Genauso ist es. Ich tappe im Finstern."

„Im Dunkeln."

„Nein, es ist zappenduster!"

„Also denn wollen wir mal etwas Licht in den Eimer schaufeln."

Arnie drückte einen Knopf an seiner Sprechanlage und erbat die Akte <Gota> in sein Büro kommen zu lassen. Wenig später klopfte es zaghaft an der Tür. Arnie zwitscherte ein fröhliches

„Herein!", und hielt sich vorsorglich die Hand vor den Mund. Seine neue Sekretärin war etwas gewöhnungsbedürftig. Männlich, gute Ausbildung, immer gewissenhaft und zuverlässig, und schwul. Was man allein an seiner Körperhaltung und -sprache eindeutig vermuten konnte. Martin Elsner trat ein und näherte sich zögerlich, wobei er Beltheim doch sehr in Augenschein nahm. An Arnie gerichtet flötete er dann: „Die Akte <Gota>, Herr Professor Doktor von Gutenberg! Kann ich sonst noch irgendetwas für sie tun?"

Leise kichernd winkte er ab und wartete bis die Türe wieder geschlossen war, bevor er seiner Fröhlichkeit ein wenig offener Ausdruck verlieh:

„Ein sehr erfrischender junger Mann, findest du nicht auch?"

„Ist mal was anderes. Was ist mit Maria passiert?"

„Sie hat einen Job unter Lebenden gefunden. Und dieser junge Mann ist ihre wärmste Empfehlung gewesen. Ich muss gestehen sie hatte Recht damit. Ich mag ihn. Er bringt ordentlich Leben in dies verstaubte Bude! Mal sehen, Helena Gota, ja, ich erinnere die Einzelheiten dieses furchtbaren Verbrechens. Was genau ist also dein Anliegen?"

Beltheim überlegte kurz und dirigierte sorgsam seine nächsten Worte:

„Wie genau ging er vor, was hat er mit ihr gemacht, was davon hat wie lange gedauert und wozu diente es, warum, wieso, weshalb und überhaupt erst mal in welcher Reihenfolge? Kann diese vom Befund abweichen? Wenn ja, wie lange, inwiefern und so weiter, und wie stelle ich mir das vor was er getan hat?"

Dr. von Gutenberg lehnte sich zurück, rief sich den Körper von Helena detailliert ins Gedächtnis zurück und resümierte:

„Der Täter lockt Helena und entführt sie. Ihre Haut wird dabei nicht im Geringsten verletzt. Ich schätze, er behütet sein Opfer sehr. Damit sie sich nicht wehrt gibt er ihr Heroin. Sie bleibt für etwa einen Monat in seiner Obhut, er scheint sie gut zu versorgen. Und er hat keinen Geschlechtsverkehr mit ihr. Wir fanden keine Spuren seines Samens weder an, noch in ihr. Sie wehrt sich nicht, kein Fluchtversuch, ist wahrscheinlich betäubt. Nun, etwa vier Tage vor ihrem Tod, beginnt er diese Zeichen in ihre Haut zu schneiden. Mit einem Skalpell, beginnend am Nacken, zu den Armen, den Rücken hinunter über Gesäß und Beine bis zu den Fußsohlen. Die Rückseite nahm wohl etwa gute zwei Tage in Anspruch. Auf der Brust macht er weiter, dann die Arme, den Bauch hinunter, über die Beine bis zu den Füßen. Sie ist sehr geschwächt, die Wundheilung vollzieht sich schleppend bis gar nicht. Trotzdem lässt sich die Reihenfolge durchaus nachvollziehen. Diese vier Tage hindurch bekommt Helena nichts mehr zu essen und zu trinken nur noch Wasser. Denn ihr wird nun, am Tage ihres Ablebens, ein kleines Stückchen Leder durch den Schlund bis in den Magen geschoben.

Daraufhin lässt er sie völlig ausbluten, wäscht sie und drapiert sie auf dieses Holzkreuz."

Es entstand eine längere Pause, die beide zum Grübeln nutzten. Beltheim konnte nicht umhin eine gewisse Zärtlichkeit in diese Vorgehensweise zu interpretieren, und sah sich gezwungen, sich diesbezüglich seinem Freund mitzuteilen:

„Was mich so abartig stört ist diese beinahe liebevolle Art und Weise, mit der er sein Opfer verstümmelt. Ich meine, diese Hingabe, über Tage hinweg wie ein Künstler, der ein Bild seiner Angebeteten malt. Was beinhaltet das? Was gibt ihm das? Diese wahnwitzige Perfektion, alle Symbole in gleicher Größe, keine krummen Linien, was fühlt er dabei?"

„Richie, wenn ich arbeite, nehme ich mir viel Zeit. Ich habe Helena mit einer Lupe, Pinzette, Messwerkzeug und einem monströsen Aufwand untersucht, um eine verräterische Hautschuppe zu finden. Ich machte das, weil es mich erfüllt meinen Teil dazu beizutragen diesen Mörder zu fassen. Ich mache meine Untersuchungen leidenschaftlich und präzise. Und ich bin noch nicht einmal verrückt. Unser Täter scheint von Leidenschaft ergriffen, einem sinnerfüllten Ziel folgend, und dabei hochkonzentriert vorzugehen. Ich denke, wir haben es mit einem Genie zu tun, das eine medizinische Ausbildung genossen hat und nach Höherem strebt, was immer das auch sein mag."

Pause. Ein Genie. Ein Ziel. Beltheims Gehirn kochte, und sein Gesicht arbeitete gegen den tief empfundenen Ekel an. Arnie verstand. Er sah die Verzweiflung im Gesicht des Kommissars, wusste wie nahe ihm solche Fälle gehen konnten. Richie war immer noch nicht abgestumpft. Er war immer noch nicht in der Lage wie ein Mörder oder Verbrecher zu denken, konnte das Unmenschliche noch immer nicht einstufen oder begreifen. Arnie fand gerade das sehr beruhigend, aber auch alarmierend. Er hoffte seinen Freund daran nicht eines Tages zu Grunde gehen sehen zu müssen. Laut sagte er allerdings:

„Es gibt genau dafür bei Euch die besten Leute, aber wenn du unbedingt meine Meinung dazu hören möchtest, wovon ich ausgehen muss, dann handelt es sich bei dem Gesuchten um einen hoch intelligenten jungen Mann. Er ist weder dumm noch triebgesteuert. Er handelt überlegt und er geht methodisch vor. Er will sich nicht mitteilen, er entledigt sich der Leiche auf besondere Weise. Und das Schlimme an der Sache ist, er hat offensichtlich Übung. Du weißt so gut wie ich, es gibt bereits Vorgängerinnen und er wird damit nicht aufhören. Daher dein Gesicht, ist es nicht so?"

„Arnie, ich brauche mehr Torte. Dann eine Pizza und ein paar Bier."

„<Pedro`s>, Tiramisu statt Torte, hoch mit dir."

Von Gutenberg sollte Recht behalten. Beltheim kannte bereits das Datum: es würde der 12.07. werden. Sie redeten nur untereinander darüber. Niemand würde ihnen glauben, oder sie verstehen.

Am 12.07. klingelte um exakt 10:31h das Telefon in der Notrufzentrale. Ein Mann namens Harry war mit seinem Hund am See spazieren gegangen. Der Hund hatte sie zuerst gewittert, und blieb dann bellend vor seiner Entdeckung stehen. Es war die Leiche einer jungen Frau. Nackt, mit seltsamen Zeichen in die Haut geritzt, auf ein Holzkreuz gebunden, im See treibend.

*Ich wusste nicht mehr wie mir geschah, denn jeder, buchstäblich jeder, der in mein Taxi stieg, hätte es gewesen sein können. Ich begann meinen Job zu hassen. Ich hasste es, diesen Menschen einen Dienst erweisen zu müssen, wenn ich Geld zum Leben haben wollte. Aber meine Süße und ich brauchten das Geld. Wie jeder andere Mensch auch. Ich überlegte gemeinsam mit ihr wie es anders gehen könnte. Eine greifbare und naheliegende Lösung war jedoch nicht in Kürze zu erreichen. Deshalb wollte ich dieses Thema erst mal auf Eis legen, während ich in aller Stille den Trost genoss, den meine Liebste mir zukommen ließ.

Zwei Leichen, deren Gesicht mir durchaus bekannt war, und eine weitere verschwundene junge Frau waren vielleicht zuviel für so wenig Zeit. Ich begann mich um Naemi zu ängstigen, denn sie war schöner als alle bisherigen Opfer und ich hatte große Bedenken wegen der Nachtschichten in ihrem Bistro. Sie hingegen versuchte mich zu beruhigen, schließlich brachte ich sie hin und holte sie wieder ab.

Eines Tages rief sie mich an und teilte mir mit, es seien zwei betrunkene Herren abzuholen. Nun, es hätte mich eher gewundert, wären sie nüchtern gewesen.

Also fuhr ich zu <Pedro`s>, nutzte die Gelegenheit meine Liebste in die Arme zu nehmen, und ließ mir von ihr meine Fahrgäste zeigen. Ein mir gut bekannter Bulle und ein Pathologe. Also kein Trinkgeld. Auch gut.

Sie gingen mir nach zu meinem Taxi und nannten sich „Arnie" und „Richie". Als ich sie im Wagen verstaut hatte fragte ich Richie, der vorne saß, nach dem Fahrziel, bekam meine Antwort jedoch von dem auf der Rückbank befindlichen Pathologen. Den brachte ich also zuerst heim, während ich den Gesprächen lauschte. Sie unterhielten sich über verschwundene junge Frauen, die toten jungen Frauen, und über die Gemeinsamkeiten dieser Fälle. Ihre gelockerten Zungen waren ein Quell an Informationen, welche ich allerdings so genau gar nicht wissen wollte. Mir graute vor den Worten des Pathologen. Als er ausstieg sagte er zu mir, ich solle seinen besten Freund gut nach Hause bringen, wenn ich meine Freundin in Sicherheit wissen wollte. Gute Beobachtungsgabe, dachte ich mir, und versicherte ihm, ich werde mein Bestes tun.

Beltheim war des Alkohols wegen sehr redselig. Er warnte mich eindringlich, mich mit meiner Liebsten in der Öffentlichkeit sehen zu lassen, solange er nicht wisse, wer hinter all dem steckte. An seiner Adresse angekommen war ich gezwungen, seinen Redefluss zu stoppen. Er nahm sich eine meiner Karten und gab ein großzügiges Trinkgeld. Danke Alkohol.

In den frühen Morgenstunden holte ich Naemi ab und erzählte ihr von meiner speziellen Fahrt. Zu Hause angekommen, kaum dass die Wohnungstür geschlossen war, ließ sie mich alle meine Sorgen für ein paar Stunden vergessen.

Ich wünschte dieser Morgen hätte nie geendet. Jede einzelne ihrer Berührungen blieb mir seither wie eingebrannt im Gedächtnis. Das Gefühl ihrer zärtlichen Finger auf meiner Haut, jeder einzelne Kuss, als würde mein Körper alles speichern wollen. Empfindsam wie nie zuvor nahm ich alles wahr, als wäre es das letzte Mal. Ich wünsche mir noch heute die Zeit wäre einfach stehen geblieben. Hätte diese wundervollen Momente einfach bis in alle Ewigkeit andauern lassen. Doch Zeit ist nicht steuerbar. Das eigene Zeitempfinden ist stets subjektiv und daher die Zeit ein unerlöstes Rätsel. Die Zeitung trug eine neue, alte Titelstory. Frauenleichen waren das Thema Nummer eins in diesen Tagen.

Verdammt noch mal, wieso kann man die Zeit nicht einfach anhalten?

Mein Sohn, dein erstes Lebensjahr hat mir sehr viel Freude bereitet. Du entwickelst dich prächtig. Die Frauen im Camp streiten sich darum wer für dich sorgen darf, und wer nicht. Du wickelst sie alle um deine kleinen süßen Finger. Du bist das verwöhnteste Kind auf Erden. Meine Visionen für deine Zukunft sind allumfassend. Du allein besitzt die Macht die Pforten zu öffnen. Du allein kannst alles tun und lassen was du willst, denn dir ist die Fähigkeit zu eigen durch die Welten zu reisen. Egal, welche Zeit dazwischen liegt. Ob fünf Minuten oder tausend Jahre, du hast die Fähigkeit und ich das Wissen von den alten Meistern. Du wirst perfekt darauf vorbereitet sein, zu tun, was zu tun ist. Deine nächsten vier Lebensjahre werden darauf verwendet werden, dir alles Schriftliche zu verinnerlichen. Du wirst schneller lernen als alle Kinder dieser Welt. Du wirst mich übertreffen, an Wissen und Willen. Du wirst mich eines schönen Tages töten um meinen Platz besser auszufüllen als ich es jemals könnte. Du bist ein Gott, ich stellte deine menschliche Hülle zur Verfügung. Ich bin dein Werkzeug. Ich habe es geschafft, dich auf die Erde zu holen. Ich habe meine Existenz gerechtfertigt, du wirst alles haben was du für deine Entfaltung brauchst.

... Deine Fähigkeiten sind atemberaubend. Du liest die Gedanken anderer wie Bücher, dein Gedächtnis ist fotografisch. Du bist für dein Alter, gerade sechs Jahre jung, ein wahres Wunderwerk an Bildung. Bald schon werden uns die Lehrer ausgehen, die dir noch etwas beibringen können. Ich begebe mich auf die Suche, doch die echten Meister sind rar. Ich gebe nicht auf, mein Sohn. Ich finde die Besten um dich noch weiter zu perfektionieren. Zu diesem Zweck befinde ich mich auf Reisen Ich werde dich nicht mitnehmen können, aber ich werde mein Herz bei dir lassen. Doch deine Zukunft

geht mir über alles. In dieser Zeit mache ich mich daran, dir alles aufzuschreiben, was ich an Ritualen finden kann. Das Wichtigste wird sein die Formel zu finden, um zwischen den Welten zu reisen. Die Zeit wird für dich keine Rolle mehr spielen. Nichts wird für dich mehr eine Rolle spielen. Keine Gebundenheit an gesellschaftliche, irdische, oder familiäre Strukturen.

>Notiz: Nicht zu fassen, ich habe jetzt das achte Tagebuch zu lesen begonnen, diese Verehrung kotzt mich regelrecht an. Über sechshundert Seiten gequirlte Scheiße.

Beltheim griff zum Telefon und wählte Selas Nummer. Er wusste selbst nicht genau warum er das eigentlich tat. Doch er wollte einfach etwas tun. So zog er alle Möglichkeiten in Betracht an Informationen zu kommen. Sela, die mit einem Kollegen gerade in ihrem Taxi saß und quatschte, nahm ab und sagte:

„Herzliches Beileid."

„Was meinst du damit?"

„Ihnen ist hoffentlich klar bei wem Sie da gerade angerufen haben?"

„Ja. Und ich gedenke mich sogleich ins Abenteuer zu stürzen und dich für eine Fahrt anzuheuern. Also, ich erwarte dich vorm Haupteingang."

„Jawohl Herr Kommissar."

„Ich habe mich nicht gemeldet, woher weißt du wer ich bin?"

„Ihre Stimme hat Sie verraten. Ich bin gut, oder?"

„Ich erwarte dich dann. Weiß der Teufel warum eigentlich."

„Oh, Sie kennen meinen Onkel?"

Aufgelegt. Ihr Kollege legte bereits die Hand auf den Türöffner und sagte auf ihren Blick hin:
„Ich weiß, verpiss dich."
Als Beltheim einstieg, fragte er:
„Gehst du mit all deinen Fahrgästen so um?"
„Nur mit denen die mir sympathisch sind. Wohin soll es denn gehen, werter Herr?"
„Zum See. Wie lange hast du noch Schicht?"
„Eigentlich bin ich in zwanzig Minuten an der Grenze zu meinen elf Stunden, wenn du verstehst was ich meine. Aber unter Staatsgewalt verhält sich das natürlich ganz nach Belieben des Ermittlers."
„Aha. Du bist also quasi verhaftet."
Sela hielt ihm ihre Arme entgegen und fragte:
„Na wie geil, krieg ich jetzt auch neue Armreifen?"
„Du bist mir auch sympathisch."
Der Blick von Beltheim reichte. Sie fuhr mit einem Ausdruck gespielter Entrüstung los in Richtung See.
Dort angekommen erblickten sie beide eine Reihe von Polizeibeamten, Tauchern und einer großen Menge Ausrüstung. Sie suchen systematisch den See ab. Sela verkündete dem ersten Beamten der sie aufhielt:
„Ich bin verhaftet. Von dem da. Ich muss hier sein dürfen."
Beltheim nickte, und sie wurden durch gelassen. Er lotste sie zu einem provisorischen Parkplatz, und bat sie mit zu kommen. Sie gingen direkt ans Ufer, und für eine kurze Zeit ließen sie schweigend ihren Gedanken freien Lauf. Beltheim sprach zuerst:
„Du hast mal gesagt, ihr habt hier an der Lichtung am Ufer, an dem Helena Gota gefunden wurde, eine Entdeckung gemacht. Zeig mir das mal, bitte."
„Sie meinen die Haken in den vier Bäumen? Na klar, hier entlang."
Sela ging voraus zu der besagten Stelle, die sich etwa fünfzehn Meter vom Ufer entfernt, in dem den

See umgebenden Wald befand. Dort standen vier Eichen. In einer exakten Reihe, im Abstand von jeweils zwei Metern nebeneinander, beinahe identisch gewachsen, als wären sie so gepflanzt worden. Der Durchmesser dieser vier Bäume betrug in etwa sechzig Zentimeter, sie waren also mit an Sicherheit grenzender Wahrscheinlichkeit gleich alt. Und eine weitere Gemeinsamkeit gab es. In zwei Metern Höhe waren Haken in die Bäume geschlagen worden und bereits bis zur Hälfte eingewachsen. Um die vier Eichen herum gab es einen Radius von vielleicht zehn Metern, der nur von Buschwerk bewachsen war. Diese Anordnung war ungewöhnlich, und offensichtlich bisher niemandem wirklich aufgefallen. Beltheim beschloss diesen Ort näher untersuchen zu lassen. Wie weit diese Untersuchung gehen würde wusste er noch nicht. Aber etwas sagte ihm, dass dies hier ein Ort mit einer Geschichte war. Einer Geschichte, die vielleicht einige Rätsel barg, aber auch Antworten.

Gerade als Beltheim sein Handy zückte, um die Untersuchung zu veranlassen, klingelte es. Das Taucherteam war fündig geworden. Gemeinsam liefen Beltheim und Sela zurück zum anderen Ufer, das für die Taucher wegen der an dieser Stelle angrenzenden Felder besser zugänglich war, und begaben sich direkt zu dem Leiter des Tauchereinsatzes. Sela wurde gebeten in ihrem Taxi zu warten. Trotzig schlenderte sie davon. Beltheim wartete einstweilen geduldig bis die drei Taucher ihren Fund an das Ufer schleppten. Der Anblick desjenigen, der das Schlauchboot mit dem angehängten Fund steuerte, ließ Schreckliches erahnen. Er war kreidebleich und sein Gesichtsausdruck vom Schock der Entdeckung gezeichnet. Einer der Taucher eilte in Richtung Ufer, zog sich die Maske vom Gesicht und erbrach sich kniend ins seichte Wasser. Beltheim versuchte sich zu wappnen. Doch was er dann erblickte ließ ihm das Blut in den Adern gefrieren.

Ein massives Holzkreuz wurde an Land gezogen. Darauf befand sich, festgebunden, der aufgedunsene und angefressene Leichnam einer Frau.

Eine gespenstische Stille lag plötzlich über dem See, alle Beteiligten rangen mit sich. Auch Sela, die vom Parkplatz aus die Szenerie beobachtete, konnte ihre Tränen nicht zurück halten. Nach einer schier endlosen Zeit, so schien es, beorderte Beltheim die Spurensicherung zum Einsatzort. Danach begab er sich zu Sela und setzte sich zu ihr in das Fahrzeug. Sie sah stur aus dem Seitenfenster der Fahrerseite. Es dauerte einige Minuten bis Sela sich ihm zuwandte. Beltheim fragte leise:

„Kannst du fahren?"

„Natürlich kann ich das. Wohin wollen Sie?"

„Gerichtsmedizin. Lass mich am Besten gleich bei dem Café gegenüber raus."

„Sehr wohl, der Herr."

Im Café sitzend verspeiste er gerade sein zweites Stück Torte, als Gutenberg eintrat. Dieser setzte sich zu seinem Freund und winkte die Bedienung heran um zu bestellen. Es dauerte einige Minuten bis Beltheims Tränen endlich versiegten. Doch während er Gutenberg berichtete wollte der Kloß in seinem Hals einfach nicht weichen. Als er seinen Bericht dann beendet hatte, war es an Gutenberg gegen den Kloß im Hals anzukämpfen. Ihrer beider Verdacht hatte sich auf das Grauenvollste bestätigt. Sie berieten sich lange und ausgiebig. Danach erst war Beltheim wieder in der Lage klar strukturiert zu denken. Er veranlasste eine Besprechung seiner Einheit und absolvierte diese fast wie in Trance. Nach der Besprechung erhielt er einen weiteren Anruf vom Leiter des Taucherteams. Diesmal ging sein Magen endgültig in die Knie. Sein ureigenstes Trauma kehrte mit voller Wucht zurück. Er zog sich in sein Büro zurück und gab sich seiner tief empfundenen Hilflosigkeit hin. Seine Gedanken kreisten um die beiden Frauen in seinem Leben, deren Tod er nicht verhindern konnte. Wie ein Film spulten sich die Erinnerungen vor seinem inneren Auge ab. Er sah seine Mutter, die sich schützend vor ihn gestellt hatte, als er acht Jahre alt gewesen war. Sein Vater stand vor ihnen und holte zum Schlag aus. Die leere Weinflasche in seiner Hand traf seine Mutter direkt auf den Kopf, wieder und wieder, bis ihr Schädel nur noch eine blutige Masse war. Er hatte nicht wirklich verstanden, was damals vor sich ging. Sah nur was geschah und flüchtete auf das Gästeklo, als sein Vater ihn genauso an stierte wie seine Mutter zuvor. Das Geschrei seines Vaters alarmierte die Nachbarn und rettete ihm das Leben. Die zweite Frau, der er beim Sterben zusehen musste, war seine Ehefrau gewesen. Sie starb achtzehn Monate lang qualvoll an Leukämie. Ihr Anblick war zum Ende hin eine wahre Belastung gewesen, ihr Verfall rapide von statten gegangen. Diese Hilflosigkeit war es, die ihn immer weiter antrieb, dem Tod zuvor zu kommen. Mördern konnte er Einhalt gebieten, ihre Taten vor Gericht zur Sühne bringen. Der Tod in Menschengestalt war das einzige wogegen er kämpfen konnte. Er hatte diese beiden Todesfälle nie überwunden. Jetzt, viereinhalb Jahre nach dem Tod seiner so sehr geliebten Frau, musste er abermals zusehen wie der Tod erbarmungslos um sich griff, und sich am Leben von bereits vier Frauen gütlich getan hatte. Der Schmerz in seiner Brust und sein Herz, das sich zusammenzog, all das entlud sich in einem gequälten Schrei und einem heftigen Tritt gegen den metallenen Papierkorb. Dieser flog gen Bürotür, während ein Kollege gerade eintrat und gekonnt aus der Flugbahn des Abfallsammelbehältnisses hechtete. Kollege Albrechtson wusste um Beltheims Vergangenheit und reimte sich alles zusammen. Er räusperte sich und sagte:

„Ich habe gerade mit der Spurensicherung telefoniert. Du weißt es ja schon. Sie brechen für heute ab. Der Einsatzleiter sagte mir, dass sie morgen weiter machen wollen. Ich habe auch mit dem zuständigen Forstamt für das Waldgebiet telefoniert. Wir überlegen noch, wie die Untersuchung von statten gehen soll. Bei den vielen Leichen im See wären wir nicht überrascht, wenn wir etwas Ähnliches im Boden vorfinden würden. Wir brauchen aber eine treffende Rechtfertigung, wenn wir an den Eichen den Boden aufgraben wollen. Aufnahmen aus der Luft, die verdeutlichen könnten, ob Veränderungen zu sehen sind, oder was es sonst noch gibt. Beltheim, geh doch für heute nach Hause, und versuche ein bisschen zur Ruhe zu kommen. Wir brauchen dich jetzt. Ich sage dem Boss wie es steht, wenn du willst."

„Mach das. Ich werde in der Tat für heute Schluss machen. Danke dir. Wir sehen uns dann morgen."

Sela erging es nicht viel besser. Sie hatte zwar keine so tiefgreifenden Erlebnisse wie Beltheim in ihrer Vergangenheit, aber der Anblick dieser Leiche war zu viel gewesen. Zu Hause angekommen, schnappte sie sich eine Flasche Rotwein und ballerte sich weg. Sie wollte nicht weinen. Wollte nicht reden. Lavinia machte sich große Sorgen. Sie wusste jedoch, sobald Sela soweit war würde sie reden. Also ließ sie ihre Freundin in Ruhe. Als Sela betrunken auf der Couch eingeschlafen war, deckte sie sie zu und küsste sie sanft auf die Stirn. Es musste etwas Entsetzliches vorgefallen sein, denn normaler weise war Sela hart im Nehmen. Geduld, sagte sie sich. Geduld.

Währenddessen organisierte Lavinia eine Vertretung

für Sela, die Schicht war zeitlich nicht zu schaffen, ganz zu schweigen vom Restalkohol. So war sie nicht diensttauglich. Sie selbst zog sich gegen Abend zu ihrem Missfallen allein ins Schlafzimmer zurück.

Am nächsten Morgen, gerade als die ersten Sonnenstrahlen durchs Fenster fielen, erwachte Sela. Ihr Kopf war klar, und ein Gedanke hatte sich beim Aufwachen in ihr Bewusstsein geschlichen. Sie nahm einen Notizblock und einen Stift zur Hand und notierte einen Namen: <Melanie Eberhardt>.

Ihre Erinnerung an diese seltsame Taxifahrt ging in jedes noch so kleine Detail zurück. Sie notierte alles, mit Datum und Uhrzeit, so gut es ging. Danach warf sie einen Blick auf die kleine Notiz ihrer Liebsten und schmunzelte. Soweit hatte sie am Abend zuvor gar nicht mehr gedacht. Sie ging in die Küche und machte Kaffee. Nach einer heißen Dusche würde sie auch gleich Frühstück für sie beide machen. Dieser Tag versprach schon jetzt besonders anstrengend zu werden.

*Als hätte sich die Erde aufgetan, den Herrn der Finsternis persönlich ausgespien und ihn nach dem Töten anschließend wieder inhaliert, blieben diese Morde ein Rätsel. Ich selbst konnte mir beileibe nicht vorstellen, dass ein Mensch so etwas zustande brächte. Die Jagd nach dem gesuchten Mörder war bislang völlig ergebnislos. Die Tage vergingen mit dem Ringen um Fassung über all diese entsetzlichen Funde im See. Naemi und ich sprachen in dieser Zeit viel über unsere Nachtschichten. Beide waren wir nicht restlos überzeugt, unser Leben aufgrund der Vorfälle ans Tageslicht zu verlegen. Zumal die Opfer am helllichten Tage entführt worden waren. Mein Kontakt zu Beltheim war intensiver geworden, denn ich hatte einige Informationen geliefert, die diesen ganzen Irrsinn leider in ein umso größeres Chaos stürzten, als es bislang erkennbar gewesen war. Die Lichtung aus den Träumen meiner Freundin war ein Ort, der in der Realität existierte. Ich war mit Beltheim zum See gefahren um ihm die Stelle zu zeigen. Leider wurde ich dadurch Zeuge eines dieser Funde aus dem See. Diesen Anblick hätte ich meinem ärgsten Feind nicht gewünscht. Doch was wohl alle am meisten beschäftigte, war die Frage nach dem <Warum>. Okkultismus war etwas, das in Büchern und Filmen allgegenwärtig war. In der Realität des einundzwanzigsten Jahrhunderts jedoch konnte unmöglich noch ein Mensch an Rituale und Magie glauben. So sehr, um dafür Menschen zu töten. Ein Rest an Zweifel bleibt mir leider nicht erspart, denn die Träume von Naemi waren genauso Realität wie die Morde. Sie träumte immer wieder. Von Botschaften, Tod, und sich selbst als diejenige, die wie eine Priesterin Geschehnisse heraufbeschwor. Diese Träume stellten sich am jeweils zehnten Tage der Monate April, Mai, Juni und Juli ein, und endeten in der Nacht zum jeweils zwölften. Ihre Träume waren stets gleich, bis auf die im Juli. In diesem Monat erwarteten wir die Leiche von Lillith Werner zu finden. Doch die war eine Bekannte Naemi`s gewesen. Vielleicht träumte sie deshalb von Lillith auf dem Friedhof, wie sie dort an einem Grab stand und plötzlich verschwand. Niemals konnte geklärt werden, wann, wo, und wohin sie entführt worden war. Wann immer ich an diese letzten sechs Monate im Leben meiner Geliebten zurück denke, wird mir meine eigene Naivität bewusst. Seit jener Zeit suche ich verzweifelt nach ihren so wundervollen grünen Augen, ohne Aussicht auf ein Wiedersehen. Meine Beziehung zu meinem Lebenspartner ist weit mehr als der Beweis meiner körperlichen Anwesenheit hier auf Erden, ich liebe ihn. Jedoch anders, mit geteiltem Herzen. Als Naemi starb, ging meine Seele mit ihr. Das, was von mir noch übrig ist, lebt weiter, um eines Tages zu sterben.

Nach dem zwölften Juli glaubten wir beide fest an wenigstens einen Monat ohne Träume und einer kurzen Pause dieses Irrsinns. Wir beschlossen, uns die gemeinsame Zeit von Nachrichten und Zeitungen fern zu halten. Für uns begann eine intensive Zeit beinahe verzweifelter Liebe, die wie nie zuvor ausgekostet werden sollte. Da der See für uns kein Ort der Ruhe und Entspannung mehr sein konnte, gingen wir stattdessen in verschiedene Wälder, oder spazierten durch kleinere Orte fern der Stadt. Manchmal wünsche ich mir, wir hätten an ihrem Todestag keine Lust gehabt, irgendetwas zu unternehmen. Wären wir innerhalb der Stadt geblieben, wäre sie vielleicht heute noch am Leben. Vielleicht hätte man sie noch retten können. Diese Illusion halte ich mir heilig. Die Ursache ihres Todes blieb unbekannt.

Menschen sind Material. Die meisten Exemplare dieser Gattung sind verabscheuungswürdig. Deshalb ist es auch so leicht, sie wie Vieh zu schlachten, wenn sie reif sind für ihren Daseinszweck geopfert zu werden. Jedes einzelne meiner gesammelten Rituale dient einer Reise. Vergangenheit, Zukunft, was das Herz begehrt. Doch das Glanzstück meiner Sammlung ist ein Ritual, um zwischen den Welten zu reisen. Es stammt aus Atlantis, kreiert für den einzigen Zweck, die Selbsterkenntnis durch Beobachtung des eigenen Ichs zu perfektionieren. Der Übergang in eine Parallelwelt ist mit Schmerz verbunden, doch auch der Tod kann eine Folge dieser

Seelenwanderung sein. In den ungewöhnlichsten Fällen nimmt der Körper die eigene Auflösung wahr und wandert in die andere Welt hinüber, um sich wieder mit der Seele zu vereinigen. In einem solchen Fall ist der Tod unumgänglich, denn die Gesetze der irdischen Daseinsform verbieten das Vorhandensein derselben Person in doppelter Ausführung. Hier gilt es, Stärke zu beweisen, denn der Schwächere wird sich durch die Anwesenheit eines völlig gleichen Ichs zersetzen. Meist verschwinden diese Körper und ihre Seelen, jedoch ist in anderen Welten ebenfalls bereits ein Körper vorhanden, was zu erneuter Reise zwingt. Die richtige Welt zu finden ist sehr schwer. Ich habe Berichte von Seelenwanderern gelesen, die ihren Körper immer wieder fanden und während ihrer Reise Seelen sahen, die keinen Körper mehr hatten. Verloren zwischen den Welten geisterten sie umher, dazu verdammt, auf ewig nach ihren Körpern zu suchen. Manchmal schlüpfen sie durch geöffnete Tore und beteiligen sich an einem Körper, der der ihre zu sein schien, aber nicht war. Körper mit zwei oder mehr Seelen waren die Folge.

>Notiz: Vorsintflutliche Erläuterung einer Schizophrenie, oder was. Ich habe jetzt gute zweitausend Seiten seiner Reisetagebücher hinter mir, allein die Rituale aus Rumänien füllen die ersten vierhundert, und noch immer ist die Stelle nicht zu finden. Das hier klingt allerdings langsam sehr vielversprechend.

Sela weckte Lavinia mit einem sanften Kuss. Noch immer war ihr nicht nach reden zumute. Etwas verstört folgte ihr Lavinia in die Küche, wo das Frühstück bereit stand. Noch leicht benommen registrierte

Lavinia einen Notizblock, die Handschrift von Sela war unverkennbar. Sie begann zu lesen. Die Geschichte war ihr nicht unbekannt, Sela hatte sie ihr damals brühwarm erzählt. Ebenso, dass sie Melanies ältere Schwester gut kannte. Allerdings fehlte Lavinia der Zusammenhang zwischen dem Geschriebenen und dem Verhalten ihrer Freundin. Neben dem Notizblock lag das Telefon. Sela räusperte sich:

„Gestern haben sie eine Leiche aus dem See gefischt. Heute Nacht habe ich geträumt, von dieser Geschichte mit Melanie. Ich weiß zwar nicht, wie lange eine Leiche unter Wasser verbleiben muss, um so auszusehen wie die von gestern. Aber zeitlich könnte das ja mit dem Verschwinden von Melanie zusammen hängen. Ich habe versucht, Beltheim zu erreichen, der ist aber noch nicht in seinem Büro. Ich hoffe, er ruft bald zurück."

Lavinia schluckte. Zuviel Information auf einmal. Das war auf nüchternen Magen höchst unverdaulich. Das Telefon klingelte, und beide starrten es an, als wäre es eine absolute Weltneuheit. Sela ergriff das Ding, dass durch sein Klingeln die bedrückende Stille so plötzlich unterbrochen hatte, und meldete sich. Es war Beltheim. Sela vereinbarte einen Termin, nachdem sie ihm kurz geschildert hatte, worum es ging. Es blieb gerade mal genug Zeit um zu frühstücken.

Sie trafen sich in der Cafeteria. Sela trank Kaffee, Beltheim spülte damit ein Stückchen Torte hinunter. Sela erzählte:

„Es geht um Melanie Eberhardt. Sie stieg am frühen Abend des elften April in mein Taxi ein. Ich hatte den Eindruck, dass sie aufgeregt war. Aber eher negativ, verstehen Sie? Na jedenfalls dirigierte sie mich vom Bahnhof Spandau aus nach Brieselang. Am Nymphensee gibt es einen Parkplatz, dort stieg sie aus und bat mich zu warten. Sie ging einen kleinen Weg, der zum See führt, entlang und kam nach etwa zwanzig Minuten wieder zurück. Danach war sie wie eine völlig andere Person. Ich kann das nicht beschreiben, irgendetwas in ihrem Wesen hatte sich vollkommen verändert. Sie war so, als wäre sie plötzlich erwachsen geworden, beinahe uralt. Sie hielt ein Päckchen auf ihrem Schoß, als sie wieder auf dem Beifahrersitz saß. Das heißt, erst dann ist es mir aufgefallen. Ihre Stimme war wesentlich tiefer, sie sagte mir, ich solle wieder zum Bahnhof Spandau zurück fahren. Das kurioseste an ihr war aber, dass sie plötzlich anfing zu weinen. Beltheim, sie weinte Blut. Ob Sie es mir glauben oder nicht, es lief Blut aus ihren Augen und ich könnte schwören, sie waren vorher braun gewesen. Doch als sie ausstieg, da waren sie blau. Vielleicht hatte sie ja vorher Kontaktlinsen getragen, wer weiß. Sie bezahlte in bar. Und zwar nachdem sie in dieses Päckchen gegriffen und ein dickes Bündel frische Hunderter heraus gezogen hatte. Dabei konnte ich ein paar Bücher sehen, die sehr alt aussahen. In schwarzes Leder gebunden, wenn ich mich richtig erinnere. Und jetzt kommts: sie traf sich direkt vor meinem Taxi mit Sebastian. Sie gab ihm das Päckchen und steckte das Geld in ihre eigene Tasche. Dieser Kerl sah sie an, ich weiß nicht wie ich das beschreiben soll, dann legte er seine rechte, freie Hand in ihren Nacken und küsste sie auf die Stirn. Er flüsterte ihr irgendetwas ins Ohr und ließ sie los. Daraufhin war sie wieder ganz die Melanie, die ich kannte. Sogar ihre Augen waren wieder dunkel. Ich bin nicht verrückt, wirklich nicht. Ich habe keine Einbildungen, oder sonst was, schließlich muss ich als Taxifahrer zurechnungsfähig sein. Ich wusste lange nicht was ich von all dem halten soll, denn schon am nächsten Tag erzählte mir ihr Bruder, mit dem ich öfter gemeinsam feiern gehe, sie sei abgehauen. Was sich ja dann als Irrtum herausstellt hat. Beltheim, sie verschwand am Tag nach dieser Geschichte und genau einen Monat vor dem zwölften April. Bei mir klingelt da was. Besonders wenn ich an Helena und an gestern denke."

Beltheim sah Sela an, als sähe er sie zum ersten Mal. Die Story, die sie ihm da auftischte, war mehr als unglaubwürdig. Er kannte sie nicht annähernd gut genug, um zu entscheiden ob sie die Wahrheit sagte. Jedoch, konnte so etwas überhaupt der Wahrheit entsprechen? Wohl kaum. Also versuchte er sie zu fragen:

„Hast du etwas..."

„Nein, ich habe weder etwas getrunken, noch geraucht."

„Aber vielleicht bist du überarbeitet. Oder hast Visionen, oder so etwas. Hör mal, jemand, der Blut weint, und die Augenfarbe wechselt, das hört sich nicht sehr gut an. Vielleicht solltest du erst einmal den Schock von gestern verdauen, einen Psychologen aufsuchen, oder so."

„Ja, vielleicht sollte ich das. Aber all das ist vor Monaten passiert. Nicht heute. Also schieben Sie Ihre Bedenken zur Seite und versuchen Sie mich zu verstehen. Ich habe mich entschlossen, es Ihnen persönlich mitzuteilen, um keinen von uns lächerlich zu machen. Ich weiß, was ich gesehen habe. Und ich kann es mir selbst nicht erklären. Die Tote aus dem See ist Melanie Eberhardt."

„Fragt sich nur, welche von beiden. Es waren gestern nämlich zwei. Weißt du sonst noch etwas, was mir helfen könnte?"

Sela wünschte sich in diesem Moment meilenweit fort. Sie hätte gern geweint, wenn sie noch gekonnt hätte. Ein Schleier, ähnlich einem Vorhang, schien sich zwischen sie selbst und die Realität zu ziehen, als ob die Welt um sie herum sich ausblende. Beltheim wartete geduldig. Einige Minuten vergingen, bis Sela sich durch den Schleier kämpfte. Leise begann sie zu sprechen:

„Gerade fällt mir dazu gar nichts mehr ein. Aber ich werde darüber nachdenken."

In seinem Büro saß Beltheim lange grübelnd an seinem Schreibtisch. Seine Gedanken wurden durch das Telefon unterbrochen, auf dem Display erschien Arnie`s Nummer. Er nahm ab und lenkte seine Aufmerksamkeit auf das Telefonat. Arnie erklärte gerade, dass der Verdacht bestätigt sei. Die erste Tote, die das Taucherteam aus dem See gefischt hatte, war tatsächlich Melanie Eberhardt. Die zweite war Irene Haßlinger gewesen.
Nach dem Telefonat sah Beltheim auf seinen Kalender. Es war der sechzehnte Juli. Seit dem zwölften wurde keine junge Frau, die ins Opferprofil passte, mehr vermisst. Jedenfalls nicht in Berlin. Was das bedeuten könnte, wollte er sich nicht vorstellten. Sein Blick blieb an den Zahlen auf dem Kalender haften. Irgendetwas war mit den Daten, was noch niemandem aufgefallen war. Aber was?

*Wir gingen durch die Döberitzer Heide spazieren, einem Teil, der früher mal ein Truppenübungsplatz gewesen war. Heute ein Landschaftsschutzgebiet, aber die Wälle und Gruben vergangener Tage waren noch überall zu sehen. Wir fanden abseits der Wege eine traumhafte Lichtung, auf der wir uns unserer Leidenschaft hingaben. Wäre ich nicht gewohnt, tagsüber zu schlafen, wäre ich nicht so müde gewesen. Wäre ich nicht so müde gewesen, wäre ich danach nicht eingeschlafen. Und vielleicht wäre sie heute noch bei mir, denn als ich erwachte war sie verschwunden. Nur sie selbst. Ihr Geldbeutel, Handy, und ihre Jacke lagen wie eine Botschaft ordentlich drapiert neben mir. Als ob dies bedeuten solle, dass ich sie niemals wieder sehen werde.

Zuerst war ich nur verwundert, versuchte mich am Sonnenstand und der Uhrzeit zu orientieren. Ich hatte vier Stunden geschlafen. Es war kurz nach halb sieben am Abend, eigentlich hätte Naemi mich schon längst wecken sollen. Ich rief nach ihr, wartete, rief wieder. Ich durchsuchte ihre Sachen und meine nach einer Botschaft von ihr, fand jedoch nichts. Ich ging rund um die Lichtung, und da sah ich es: Schleifspuren. Jemand hatte sie weggeschliffen. Eine kurze Strecke, etwa zehn Meter, aber dafür waren diese Spuren umso deutlicher. Ich bekam Panik, schrie ihren Namen in den Wald hinein, und bekam keine Antwort. Ich lief zurück auf die Lichtung und rief den Notruf an. Ich hyperventilierte, konnte mich nicht beruhigen und versuchte verzweifelt, mich auf die Worte der Dame in der Notrufzentrale zu konzentrieren. Die Beschreibung des Ortes war mehr als schwierig. Ich schlug vor, mein Handy zu orten. Aber an alles andere kann ich mich nicht einmal mehr erinnern. Nur an meine alles verschlingende Panik um Naemi. Die Frage nach dem <Warum> bestimmt seither mein Leben und mein Handeln. Als die Polizei dann endlich eintraf, war ich mit den Nerven am Ende. Ich konnte die Angst nicht ausblenden, meine Geliebte tot auf ein Holzkreuz gebunden vorfinden zu müssen. Ich glaube, ich brachte kein einziges vernünftiges Wort zustande. Jedenfalls erinnere ich mich nicht daran. Die Art und Weise ihres Verschwindens war den Beamten eine Untersuchung wert, gerade zu dieser Zeit. Andernfalls war sie ja noch nicht lange genug weg.

Ein Suchtrupp der Hundertschaft wurde organisiert. Ich selbst wurde in einem Polizeibus bis ins letzte Detail befragt. Bei Einbruch der Nacht legte man mir dann nahe, nach Hause zu fahren, um mich auszuruhen. Ich wollte nicht. Konnte nicht. Stattdessen wartete ich in meinem Wagen, bis die Polizei die Suche abbrach. Ich stieg aus und ging zurück in den Wald. In dem Wissen, heute Nacht keinen offiziellen Dienst zu haben, lief ich ziellos im Wald herum und schrie mir wahrlich die Seele aus dem Leib. Wirre Erinnerungen an gemeinsam verbrachte Stunden brachten mich fast um den Verstand. Ich weinte immer wieder, der Schmerz in meiner Brust wurde unerträglich. Irgendwann gab ich einfach auf. Als ich meinen Wagen wiederfand, erhellte sich die Nacht. Die Dunkelheit legte sich schlafen, der Nebel verzog sich und ließ über den Wiesen Schwaden von Dunst zurück. Der Morgen begrüßte den Tag mir rief gefärbter Morgenröte. Als wäre mein Schicksal nicht schon Hohn und Spott genug, präsentierte sich mir die Welt mit einer geradezu widerwärtigen Unschuld. Ich begann alles um mich herum mit Verachtung und Ekel zu betrachten. Als ich meinen Wagen abstellte traf ich einen unserer Nachbarn auf dem Parkplatz. Sein freundliches Gesicht, dieses fröhliche Lächeln, und der gut gemeinte Gruß waren wie Blasphemie. In diesem Moment hasste ich ihn. Meine rechte Faust wollte in sein Gesicht, schon allein dafür, dass er nicht sehen konnte, wie ich mich fühlte. Hastig murmelte ich etwas und verschwand, so schnell ich konnte, in unsere Wohnung. Dort traf mich der nächste Schock. All ihre Sachen, selbst ihr Duft in der Bettwäsche ließen mich nicht zur Ruhe kommen. All das konnte ich nicht ertragen. Irgendwann brach ich weinend zusammen. Die Welt um mich herum wurde schwarz.

Es gibt ein Ritual, das es einem ermöglicht, die eine Welt zu verlassen, und in eine andere einzutreten. Ebenso kann man durch ein geöffnetes Tor eine andere Person zu sich holen. Es trägt den klangvollen Namen: Die Kirschbaumrose.

Es vereinigt in sich die Bindung der vier Elemente, Tod und Leben, Körper und Geist, Seele und Universum, Liebe und Hass. Die Zeit wird gebunden durch die Zahl vier, die Zahl der Macht, die Kraft der Stabilität. Das Ziel der Zahl vier ist die Vollendung aller bindenden Macht auf Erden, erreicht durch das Komprimieren ihrer Kraft. Sie trägt in sich auch die Stabilität der Gefühle, und steht für die Vollendung der Herrschaft. Die vier wird verkörpert durch vier Symbole, Zeichen vergangener Tage, die heute Runen genannt werden. Sie heißen Thurisaz, was „der Starke" bedeutet, Ansuz, „die göttliche Kraft", Thorn, „die schöpferische Energie", und As, „die Kraft des Patriarchen". Die Namen stimmen mit den alten Aufzeichnungen nicht überein, jedoch bleiben die Namen der damaligen Zeit auch unentschlüsselbar. Die Verbindung zu den Runen gibt Hinweise, ihre Richtigkeit wurde durch das erfolgreiche Ausführen des Rituals hundertfach bestätigt. Das Ritual fordert die Opferung von vier Menschen durch den Ausführenden, der sich in Askese und Buße um eigene Opfer seinerseits bemüht. Die Zeit für das Ritual auf Erden ist mit vier Jahren anzurechnen, wobei die ersten dreieinhalb der Vorbereitung dienen, dann fünf Monate der Opferung der vier Menschen, und einen Monat, um selbst zu reisen, oder die Welt zu finden, in der der Mensch verweilt, den man zu sich zu holen wünscht. Die genauen Vorgaben und Instruktionen sind penibelst einzuhalten. Eine winzige Nuance von Unachtsamkeit, und das Vorhaben scheitert. Die Warnungen sind in aller Deutlichkeit mit allen möglichen Anzeichen des Scheiterns nieder geschrieben. Mit diesen Warnungen wollen wir also beginnen:

Notiz: Idiot, nicht von hinten anfangen!!

Mein über alles geliebter Sohn! Deine grenzenlose Macht und all dein Wissen, ...

No- NICHT DOCH!!!

...können dich nur schützen wenn du genauestens befolgst, was ich dir im Verlauf dieses Buches nieder schreibe. ...

Weiterblättern, ich blättere einfach so lange weiter, bis der Kerl endlich zur Sache kommt!

...in meiner grenzenlosen Liebe zu dir...

Verdammte Scheiße!

...das Leben der Opfer nicht sinnlos zu vergeuden! Deren Seelen könnten Rache nehmen und Entsetzliches über den Ausführenden bringen. Daher ist es von allergrößter Wichtigkeit die Symbole mit äußerster Präzision in die Haut der Opfer einzuschneiden. Um zu üben bediene man sich ein paar unbrauchbarer Menschen, die deswegen nicht sterben müssen, nur still halten. Auch die Dosis des jeweiligen Giftes kann hierbei getestet werden. Weitere Anleitung in der Ausführung des Rituals. Die Warnung sei hier: Ist eines der Opfer unvollständig, öffnet sich das Tor nicht und die Seelen können die Bindung zur hiesigen Welt nicht lösen!...

Och, das tut mir aber leid. Blablabla.

...in diesem Falle sei die Warnung folgende: Ist eine Frau schwanger, kann sie ihre Welt nicht verlassen. Die Seele des zukünftigen Erdenbürgers wacht über sie und schützt sie vor allen Übergriffen, welche geistigen Ursprungs sind. Gewaltanwendung hat in diesem Fall zur Folge...

Wäre dieser verdammte Hurensohn nicht schon tot, würde ich ihn spätestens jetzt umbringen!
Einfach weiterblättern.

...nimmst du auch nur eine dieser Warnungen nicht ernst, droht dir das ewige wandern in geistiger Umnachtung, du wirst dir den Tod herbei wünschen und niemals wieder Glück empfinden können. Die Seelen der Opfer werden dich verfolgen bis in den Tod und darüber hinaus. Schmerz und Pein werden stete Begleiter sein!...

Welch ein Unterschied zu meinem jetzigen Leben, haha.

Beltheim starrte auf seine Notizen:

1. Melanie Eberhardt -vermutl. Todestag 12.04.2001
2. Irene Haßlinger   -vermutl. Todestag 12.05.2001
3. Helena Gota   -bestätigter Todestag 12.06.2001
4. Lillith Werner   -bestätigter Todestag 12.07.2001

Vermisste Personen, nach Opferprofil durch Foto gewählt:
keine, heutiges Datum: 16.07.2001

Beltheims Gedanken fixierten die Monate April bis Juli.

Gut, die ersten beiden Todesdaten könnten abweichen, doch Beltheim glaubte nicht daran. Was konnte man mit Zahlen zum Ausdruck bringen? Reihenfolgen, Summen, Nummerierungen. Er griff zum Telefon und rief Sela an. Als sie sich meldete, war sie sehr ungehalten, denn Beltheim hatte sie geweckt:

„Wer zum Teufel will hier so unbedingt sterben?"

„Der Osterhase. Tut mit leid, wenn ich störe, aber ich sehe den Wald vor lauter Bäumen nicht. Ich brauche mal deinen fachmännischen Rat."

„Kommt darauf an wo du hin willst."

„Nirgendwohin. Es geht um Todesdaten, es ist irgendetwas mit den Zahlen, aber ich weiß nicht was."

„Du bist tot, Hase. Sorry, aber ich habs nicht so mit Ostern. Schieß los."

„Jeweils der zwölfte von April bis Juli. Was könnte man damit zum Ausdruck bringen wollen?"

„Zähl sie zusammen."

„Was?"

„Zähl die einzelnen Todesdaten zusammen. Wenn sich nur je eine Zahl ändert, nämlich die des Monats, ändert sich auch nur jeweils die Summe um eine Zahl. Verstehste?"

„Warte mal, das sind zehn, elf, zwölf und dreizehn. Und das heißt was?"

„Quersumme bilden, Hase. Das heißt eins, zwei, drei und vier. Die Reihenfolge in der sie gestorben sind, richtig?"

„Verflucht, komm sofort her, ich hab noch mehr solche Ungereimtheiten!"

„Falsch, Hase. Komm du hierher und bring Pizza mit. Das geht schneller."

„Vergiss das mit dem Hasen wieder, kapiert? Ich bin in dreißig Minuten da."

„Jawohl, mein Hase."

Sela lag mit Lavinia kuschelnd im Bett und streichelte

ihren kugelrunden Babybauch. Der vierzehnte August 2001 war der errechnete Geburtstag des kleinen Söhnchens von Lavinia und Sebastian. Um nicht weiter an den drohenden Vaterschaftskrieg denken zu müssen, beschäftigte sich Sela mit dem Geburtsdatum. Zusammenzählen und Quersumme bilden. Eine Sechs. Sela nahm sich sogleich auch ihr eigenes und das Geburtsdatum von Lavinia vor. Noch zwei Sechsen. Zusammen bildeten sie also die Zahl des Teufels, 666. Sela grinste bei dem Gedanken, was man in Zahlen so alles hinein interpretieren konnte. Lavinia fragte Sela: „Willst du jetzt weiterschlafen, oder hab ich da was von Pizza gehört?"
„Du hast wirklich etwas von Pizza gehört, Süße. Hase kommt vorbei und bringt sie uns mit."
„Wer ist denn dieser Hase?"
„Beltheim."
„Huch. Zieh dir gefälligst was an."
„Wann zum Teufel haben wir geheiratet?"
„Vorm Frühstück."
Das Ende der Kurzdebatte war ein langer Kuss, den Beltheim durch Betätigen der Türklingel unterbrach. Da Lavinia gerade Kleidung trug, ging sie zur Tür, während Sela gemächlich ihre gemütlichsten Klamotten aus dem Schrank kramte und überzog. Als sie ins Wohnzimmer eintrat, erklärte Lavinia ihr vergnügt, dass Beltheim die Pizza, Tiramisu und Antipasti per Telefon unterwegs bestellt hätte und alles geliefert werden würde. Daraufhin erwiderte sie:
„Ach so, deshalb ging das so schnell. Was ist in der Kiste?"
Noch bevor sich Beltheim über den Inhalt der Kiste auslassen konnte, machte Sela, gestützt auf die Lehne des Sessels, einen Salto aus dem Stand, und landete im Schneidersitz auf der Sitzfläche. Beltheim hielt in der Bewegung inne und starrte sie an.

„Machst du das immer so?"

„Japp, aber nur bei diesem hier, der ist schwer genug dafür. Ich nehme sonst die Couch, aber da sitzt du ja schon."

„Ja, also, in der Kiste hier sind meine gesammelten Werke, die ich noch nicht verstehe. Hängt alles mit diesem Fall zusammen. Vom Autopsiebericht bis zur Landkarte und den Luftaufnahmen des Sees und der Umgebung. Übrigens, wir graben auf der Lichtung mit den vier Bäumen. Diese Aufnahmen hier zeigen deutlich eine Veränderung des Bodens auf der anderen Seite der Bäume, beziehungsweise der Seite mit den Haken. Und das hier ist eine Aufnahme des Westufers, hier sieht man eine farbliche Veränderung an einer abgegrenzten Stelle. Wir schicken nochmal Taucher dorthin, da man nicht erkennen kann was das ist. Scheint eine Vertiefung im Seeboden zu sein. In der Nähe dieser Stelle wurden auch die vier Leichen gefunden. Das Interessante daran ist die Ausrichtung. Diese Stelle liegt exakt 270 Grad West, von dort aus wurde Leiche Nummer eins bei 0 Grad Nord, Nummer zwei bei 90 Grad Ost, Nummer drei bei 180 Grad Süd, und die vierte direkt über dieser Stelle gefunden. Hier, auf dieser Karte ist das mal eingezeichnet worden. Und jetzt merke dir die Stelle auf der Karte, die kreuzweise in der Mitte liegt und sie dir das Foto an. Was siehst du?"

„Noch so eine dunkle Stelle. Kreisrund und eher nicht natürlichen Ursprungs. Was ist das?"

„Wissen wir noch nicht. Die Taucher gehen morgen runter, sofern das Wetter passt."

Es klingelte. Lavinia bot sich an zur Tür zu gehen und rief kurz darauf:

„Pizza ist da!"

Beltheim ging zur Tür um zu bezahlen. Lavinia widmete sich ganz und gar der Pizza, während Beltheim und Sela ihre Aufmerksamkeit zwischen essen und lesen aufteilten. Die Berichte der Gerichtsmedizin und die Fotos hinterließen bei Sela ein mulmiges Gefühl in der Magengegend, was sie jedoch nicht am essen hinderte. Absolute Gemeinsamkeiten der Leichen, anhand von Fotos deutlich erkennbar, waren die Symbole, die in die Haut geritzt worden waren. Durch den Mangel an Sauerstoff unter Wasser waren die beiden ersten nahezu konserviert, und ihre Haut mit einer wachsartigen Substanz überzogen. Durch das vorsichtige Waschen vor der Obduktion waren die Symbole jedoch auf den Fotos gut zu sehen. Nach den Öffnungen von Schädel-, Brust- und Bauchhöhlen waren sehr ähnliche Entdeckungen gemacht worden. So wiesen die Gehirne eine bräunliche Verfärbung des Lobus frontalis auf, verbunden mit einer Schädigung der Gewebe der lateralen Gebiete des Stirnhirns. Dies sei auf eine toxische Substanz zurückzuführen, die noch nicht bestimmt werden konnte. In den Mägen der Leichen waren jeweils ein exakt kreisförmiges Stück Leder von genau 12 cm Durchmesser gefunden worden, welches von ein und demselben Wolf stammte. Auf jedem Stück Leder war ein Name eingebrannt worden. In allen vier Fällen war die Todesursache ein vollständiger Blutverlust, fachmännisch ausgeführt durch einen Venenkanal. Außer diesen Spuren waren hohe Dosen von Heroin festgestellt worden, welches die Körper gegen Ende nicht mehr abbauen konnten. Bis auf kleinere Verletzungsspuren des alltäglichen Lebens war nichts gefunden worden. Sela grübelte, sie hatte den Eindruck, dieser Mörder könnte auch eine perfekt funktionierende Maschine sein.

Beltheim unterbrach ihre Gedanken:

„Wann hast du deinen Schichtbeginn heute?"

„Heute ist Montag, da lohnt sich die Nachtschicht nicht besonders. Genau wie am Dienstag. Meine Kollegen und ich teilen uns die Pflichttermine und die freien Tage gerecht auf. Heute und morgen liefert Andi unsere Zuckerschnecken in die Wäscherei. Das heißt, ich habe frei."

„Zuckerschnecken?"

„So nennen wir unsere Dialysepatienten. Ist liebevoll gemeint. Schmeiß mal das Tiramisu rüber, bitte."

Es wurde zu Ende gegessen und weiter gelesen. Nach bereits einer Stunde legte Sela die Berichte der kalten Chirurgen zur Seite und streckte sich ausgiebig. Sie sah sehr ernst auf den nächsten Stapel und fragte:

„Gut soweit, was kommt als nächstes?"

Beltheim ergriff einen seiner ordentlichen Stapel und hielt in der Bewegung inne. Er sah Sela an und murmelte gerade noch verständlich:

„Dir ist klar, dass du das alles nicht lesen darfst?"

Sela grinste breit:

„Ich kann lesen? Ist ja irre!"

„Wenn ich nur wüsste, warum ich dir das alles zeige, wenn das rauskommt bin ich fällig."

„Es wird etwas rauskommen. Nämlich eine gute Information. Ich habe da eine alte Geschichte im Kopf, das heißt, wir werden nachher noch ziemlich viel Zeit im Internet verbringen."

Endlich reichte er ihr den nächsten Stapel, es waren Berichte der Fallanalytiker. Da kein Tatort vorhanden war, hatten sich die Profiler, unter ihnen zwei Kriminalpsychologen, auf die Leichen und die Fundorte konzentriert um eine Tathandschrift zu finden. Unter der Devise, dass ein Mensch nicht lügt, wenn er Entscheidungen trifft, und Entscheidungen stets Bedürfnisse voraussetzen, hatten sie zunächst Hinweise auf die Entscheidungen des Täters gesucht. Eine Seite voller Notizen erregte Sela`s besondere Aufmerksamkeit: In großen Lettern war geschrieben worden, <WARUM WIRD GEMORDET?> Darunter:

Zielsetzung – Besessenheit – voraus gegangene schwere psychische Störung – zwanghaftes Verhalten – Einsamkeit, eventuell Verlust einer geliebten Person. Wurzel für die Motivation.

Sela senkte das Blatt und hob den Kopf, einige Sekunden starrte sie ins Nirgendwo. Dann stand sie auf und holte sich aus der Küche ihren Block und einen Stift um ihre Gedankengänge festzuhalten. Hauptsächlich notierte sie sich Fragen, die sie sich beim Lesen der Berichte stellte. Zu dem abschließenden Täterprofil kamen die meisten Fragen auf. <Einzelgänger, nachtaktiv, um Zeit und Raum zu haben für Entscheidungen>, war nach ihrem Ermessen eher irreführend.

Nach insgesamt vier Stunden und mehreren vollgeschriebenen Seiten begann Sela ihre Überlegungen laut zu formulieren:

„Also, es gibt immer drei Seiten, dieselbe Sache zu betrachten. Ich sehe eine Seite, du eine andere, und eine Seite sehen wir beide nicht. Und diese Seite müssen wir finden. Wenn jemand die Entscheidung trifft zu töten, setzt das ein Bedürfnis voraus. Gut. Dieser Jemand hat vielleicht eine geliebte Person verloren, die Vermutung eines Rituals, um diese Person zu kontaktieren oder was auch immer, ist nicht so ganz abwegig. Soweit kann ich folgen. Aber: Woher nimmt dieser Jemand die Informationen über ein solches Ritual her? Wäre es nicht angebracht, nach Anleitungen oder so was zu suchen?"

Beltheim überlegte kurz, dann antwortete er:

„Es wird bereits danach gesucht. Im Internet, bei Instituten, leider werden nicht alle Anfragen beantwortet. Es ist fraglich, ob wir so überhaupt zu einem passenden Ergebnis kommen."

„Der Killer hat also irgendwoher das Wissen über eine Art Ritual, mit dem er etwas bewirken möchte. Er entscheidet sich dazu, für sein Bedürfnis sogar zu töten. Und nimmt einen riesen Aufwand in Kauf um an sein Ziel zu kommen. Das ist absolut krank. Kann so jemand sich unbemerkt in der Öffentlichkeit bewegen ohne aufzufallen? Das ist einfach nur schwer vorstellbar."

„Durchaus, das ist ja das Problem. Was war das für eine Geschichte, die du vorhin im Kopf hattest?"

„Ja, die hab ich mal gelesen, als ich über Manson im Internet recherchiert hab. Bin da eher zufällig drauf gestoßen. Es gab mal einen Guru, der für den Tod von insgesamt über vierhundert Menschen verantwortlich war. Domak hieß der, glaube ich. Er besaß eine beträchtliche Sammlung an okkulten Büchern, und er hatte einige Reisen unternommen, bei denen er alte Überlieferungen von Ritualen gesammelt und aufgeschrieben hatte. Als er festgenommen wurde, sind seine an die hundert Anhänger einfach in den darauf folgenden Tagen spurlos verschwunden. Inklusive seinem Sohn, das heißt, den einzigen, den er je offiziell anerkannt hatte."

„Ich nehme an, die okkulte Büchersammlung wurde beschlagnahmt?"

„Nicht alle. Als man das Camp, so nannten sie ihr kleines Dorf, durchsuchte, nachdem alle verschwunden waren, fand man eine geöffnete Geheimtür im Kamin des Gurus. Sie führte in einen kleinen Raum, in dem scheinbar nur das wertvollste versteckt gewesen war."

„Und weiter?"

„Nichts weiter. Der Typ beging Selbstmord in seiner Zelle und das wars."

„Und wie genau soll uns das helfen?"

„Ganz einfach. Der Sohn vom Guru tauchte zwei Jahrzehnte danach wieder auf. Mit seiner Mutter. Die war allerdings nachweislich bei seiner Geburt gestorben. Hübsch gruselig, was?"

„Ich verstehe. Was geschah mit den beiden? Ist das

untersucht worden?"

„Hase, das sollte ein Hinweis sein, keine kompetente Aufklärung. Ich weiß nur das, was ich dir erzählt habe. Alles andere kannst du bestimmt besser prüfen, oder?" Beltheim zog ein resigniertes Gesicht:

„Ich komm mir vor wie im falschen Film."

„Ich auch, Hase, ich auch."

Beltheim hatte zum ersten Mal eine Idee, warum er sich Sela so offenbarte. Sie erinnerte ihn an seine verstorbene Frau, sie war ihr wie aus dem Gesicht geschnitten. Und das Alter passte ebenfalls. Konnte es denn sein, hatte er sie tatsächlich gefunden? Oder war da eher der Wunsch der Vater des Gedankens?

Sie gingen den Rest von Sela`s Fragen und Bemerkungen durch und beschlossen, am nächsten Abend weiter zu machen. Sofern nichts dazwischen geriet.

*Als ich erwachte, ging die Sonne bereits unter. Die Nacht schien sich schützend wie eine Decke über mich zu legen. Nur sehr allmählich kam mein Gedächtnis wieder zurück. Ich war jedoch taub. Meine Gefühle waren taub, mein Innerstes wie leergefegt. Und plötzlich wusste ich es. Ich spürte, dass sie tot war. Mein Handy zeigte sechsundzwanzig entgangene Anrufe und acht sms. Der Akku war bereits am Limit, also holte ich wie mechanisch mein Ladekabel und schloss es an. Als ich an meiner Wohnungstür vorbei kam, bemerkte ich einen Zettel, der unter der Tür durch geschoben worden war. Es war eine Nachricht von Sebastian, die ich nicht weiter beachtete. Ich wollte raus aus dieser Wohnung, wusste aber nicht wohin ich denn gehen oder fahren sollte. Überall in der Stadt hatten Naemi und ich gemeinsam etwas unternommen. Ich hatte nicht einmal mehr die Kraft zu verzweifeln. Stattdessen legte ich mich auf die Couch und dämmerte im Dunkeln vor mich hin. Wie lange, kann ich nicht sagen. Nur das mich die Türklingel aus meiner Lethargie heraus beförderte. Es war Sebastian. Als ich den Türöffner betätigte, fragte ich mich bereits, warum ich ihn wohl hereinließ. In Gedanken versunken setzte ich mich wieder auf die Couch, bis es an meiner Wohnungstür klopfte. Müßig stand ich auf und öffnete die Tür. Er stand leger an die Wand gelehnt da und sagte nichts. Starrte mich nur an. Ich sah zu Boden, drehte mich um und ließ die Wohnungstür einladend offen stehen, während ich zurück zur Couch schlenderte. Ich hörte, wie er eintrat, die Tür schloss, und sah aus dem Augenwinkel heraus, dass er in meine Küche ging. Wenig später roch ich Kaffee. Er kam mit zwei Tassen ins Wohnzimmer, und ging noch einmal in die Küche, um Milch und Zucker zu holen. Lange saßen wir da und taten nichts weiter als Kaffee zu trinken. Plötzlich sagte er, es täte ihm leid, dass meine Freundin verschwunden ist. Ich sagte schlicht <ja>, und er nickte. Als er fragte, ob ich darüber reden wolle, verneinte ich durch leichtes Kopf schütteln. Er stand auf, kam um den Couchtisch herum und setzte sich neben mich. Nicht lange danach ließ ich zu, dass er seinen Arm um mich legte. Die Situation war zu viel für mich, fast mechanisch drehte ich mich zu ihm, und legte meinen Kopf an seine Schulter. Da lag ich nun, stumpfsinnig vor Trauer, nach Trost suchend in seinen Armen, und fühlte mich geborgen. Ich erwiderte seine Umarmung, zögerlich zuerst, doch irgendwann hielt ich mich an ihm fest. Sanft strich er mir übers Haar und küsste mich auf die Stirn. Ebenso sanft, aber bestimmt, nahm er meinen Kopf in beide Hände und drehte mein Gesicht zu dem Seinen. Seinen Blick konnte ich nicht deuten. Ich glaubte eine Mischung aus Trauer und Verlangen darin zu erkennen. Es fühlte sich an, als würden wir uns gegenseitig widerspiegeln. Langsam näherten wir uns, bis sich unsere Lippen trafen. Ich schloss die Augen und gab mich dem Gefühl hin. Ein Gefühl, dass mich an Naemi erinnerte, pure Sinnlichkeit, gepaart mit der unendlichen Tiefe des Seins, als würden unsere Seelen miteinander verschmelzen. Wir küssten uns eine halbe Ewigkeit, dann wanderten seine Hände unter mein Shirt. Ich empfand seine warmen Hände auf meiner kühlen Haut als durchweg angenehm, und ließ es einfach geschehen. Auch als er meine kalten Hände unter sein Hemd führte, gab ich mich widerstandslos hin. Ich genoss es, diese Wärme zu spüren, es dauerte nicht lange, bis ich seine warme Haut überall an meinem nackten Körper spüren konnte. Er ließ sich Zeit, war unglaublich zärtlich, und doch führte er mich durch diese Nacht, als wäre es das selbstverständlichste der Welt.

Irgendwann erwachten wir, ein Blick auf die Uhr sagte uns, es war bereits zehn Uhr morgens. Es gab kein Gefühl von Verlegenheit, im Gegenteil. Wir lagen eng aneinander geschmiegt noch eine Zeitlang schweigend da, dann stand ich auf um Kaffee zu machen und zog Shirt und Tanga an. Als ich mit der gefüllten Kaffeekanne zurück kam, hatte Sebastian sich lediglich die Decke um die Hüfte gewickelt. Ich setzte mich ihm gegenüber und betrachtete ihn. Ich wusste nicht, was er jetzt dachte, oder was ich von mir selbst denken sollte. Doch das Schweigen ließ ausreichend Spielraum um die Gedanken zu sortieren. Es war sogar gut, nicht reden zu müssen. Es schien auch nichts zu geben, das hätte gesagt werden müssen. Schließlich setzte ich mich zu ihm und wir sahen uns lange einfach nur in die Augen. Diese Seite an ihm hatte ich bislang nie auch nur erahnt. Langsam verstand ich, warum so viele Frauen hinter ihm her waren. Dieser Gedanke ließ mich schmunzeln, was er mit einer hochgezogenen Augenbraue beantwortete. Ich umging das Thema dezent, indem ich ihm sagte, ich würde gerne wissen, wie er denn zukünftig mit dieser Erfahrung umgehen wolle. Er erwiderte todernst, er wolle sie gerne so oft wie möglich wiederholen. Das überraschte mich, und ich war nicht sicher, ob ich das überhaupt wollte.

Diesen Tag verbrachten wir gemeinsam, wir fuhren sogar in die Heide, an den Ort im Wald, an dem Naemi verschwunden war. Ich erzählte ihm vieles, von Naemi und mir, ihrem Verschwinden, und er überraschte mich abermals, indem er interessiert zuhörte. Als wir zu mir nach Hause kamen, waren wir gerade mal zur Tür herein, als er meinen Kopf in seine beiden Hände nahm und mein Gesicht zu dem Seinen führte.

Menschen sind Material. Das werde ich mir solange einbläuen bis es meine eigene Meinung ist. Ich werde dieses Ritual durchführen und sie mir zurückholen. Jeder Fehler wird dadurch wieder gut gemacht. Ich weiß es, wenn sie nur endlich bei mir sein kann, werden wir unser Leben wieder genießen können. Sie ist alles was ich zum Leben brauche.

Endlich habe ich die Stelle gefunden, wo die Beschreibung des Rituals beginnt. Nach dem ersten Lesen kommt es einem vor wie ein Teil einer dieser Vampir-, oder Hexenserien. Kraftorte, die vernetzt werden müssen, Bindungslinien, mit Markierungen aus Opfern. Blut, das an bestimmten Tagen und Tageszeiten vergossen werden muss. Die Art, wie diese Opfer gebracht werden müssen, ist höchst aufwendig.

Ich hätte nie gedacht, dass ich einmal ein Tagebuch führen würde. Doch mein erster Schritt besteht darin, das Sprechen für die Zeit des Rituals aufzugeben. Schriftliches ist erlaubt, doch darf es niemals von einer anderen Person gelesen werden. Von jetzt an, dient meine Stimme nur noch meinem Inneren, erklingt nur noch in meinem Gedächtnis. Vier Jahre lang werde ich nicht mehr sprechen. Vier Monate lang werde ich von nun an nicht mehr essen, mich allein von Wasser ernähren. Mein Haar werde ich mir noch heute scheren. Meinen gesamten Körper rasieren, um für das Ritual der Reinigung bereit zu sein. Nur geläuterte Seelen können dieses große Finale der Reise erleben.

Nach den ersten vier Monaten Einsamkeit, die ich ja gewohnt bin, und der körperlichen totalen Entsagung werde ich schwach sein. Meine erste Nahrung wird aus Milch, gemischt mit Wasser bestehen. Ich habe in den letzten Tagen alles besorgt, was dieses Ritual beansprucht. Die Vorratskammer ist voll, ordentlich sortiert nach dem jeweiligen Datum, wann ich was zu mir nehmen darf. Von medizinischen Instrumenten, der Ausstattung des Opferraumes, dem Anbau verschiedener Gewächse, usf., es ist alles nach Plan vorbereitet. Doch jetzt wird meine Zeit die Seiten vieler leerer Bücher füllen, denn ich werde weder sprechen, noch andere Menschen, Musik, oder andere Geräusche der Außenwelt hören. Ich bereite mich heute auf eine viermonatige Folter vor. Ich werde täglich vier verschiedene Übungen machen, von der Seltstgeißelung, bis hin zur völligen Beherrschung meines biologischen Behältnisses. Wie er schreibt, ist es dieser brachiale Anfang, an dem die meisten scheitern. Nun, ich werde durchhalten. Ich werde töten, opfern, und reisen. Ich werde siegen, über Zeit und Raum. Ich werde mir zurückholen, was ich verloren habe. Ich werde meine Fehler beheben, meine Seele emporheben zum Besseren und ein neues Leben beginnen.

Ich schreibe, suche nach Worten, habe Angst. Vor

den prophezeiten Schmerzen, vor der Verzweiflung, den vier Phasen des Sterbens, vor denen ich mich nur erretten kann, indem ich überlebe kraft meines Willens. Dies ist die Probe, und wenn ich die nicht schaffte, wäre mein Leben ohnehin verwirkt. Ich werde schreiben, um mein Leben. Ich habe genau einhundert Bücher mit leeren Seiten hier. Für vier Jahre.Ich hoffe, sie werden ausreichen. Meine Schrift ist ebenso klein wie die des Meisters. Und meine Seiten füllen sich dadurch nur langsam. Ich beginne zu verstehen. Diese gequirlte Scheiße, über die ich mich so sehr erregte, sie entstand aus Einsamkeit. Dieser Mensch war zwar von Anhängern umgeben, doch ebenso einsam wie ich selbst.

Dieses Ritual trägt einen faszinierenden Namen, der wohl durch spätere Überlieferungen ins lateinische übersetzt wurde. Inter flores cerasi flos rosae. Übersetzt heißt das, die Blüte einer Rose unter den Blüten eines Kirschbaumes. Ich gebe dem eine liebevolle Abkürzung, ich nenne es fortan, Kirschbaumrose. Es ist ein vortrefflicher Gedanke, zu sein wie die einzige Rose in einem Meer kleiner Kirschbaumblüten. Ich werde die Rose sein, größer, schöner, besser als alle Rosenkinder bisher. Es wird mein eigener und größter Verdienst sein, bei dir sein zu können. Nur dafür lebe ich noch.

Sela verbrachte den Rest des Morgens damit, Lavinia beim Schlafen zuzusehen. Sie saß zunächst lange einfach auf der Bettkante, bis es ihr zu unbequem wurde und sie sich neben ihrer Freundin ins Bett legte. Sela genoss den friedlichen Anblick. Noch bevor die Sonne aufging fiel dann auch sie in einen friedlichen Schlaf.

Beltheim dagegen zerbrach sich den Kopf über diese Domak-Geschichte. Er hatte keine Zeitangaben, nur diesen einen Namen und eine Story, die einige Grenzen der Realität sprengte. Und das Gefühl, das Sela nicht ganz unrecht hatte. Irgendwie schien es eine Verbindung zu geben, diese eine Seite, die sie beide nicht sahen. Seine Kollegen würden eine Recherche darüber wahrscheinlich für reine Zeitverschwendung halten, zurecht natürlich. Doch Beltheim verbiss sich geradezu in diese Geschichte. Hundemüde schleppte er sich noch vor Dienstbeginn ins Präsidium, warf seinen Computer an und begann zu suchen. Er suchte weltweit nach dem Namen, in England wurde er fündig. Domak war Deutscher gewesen, hatte eine Engländerin geheiratet und war in deren Heimatdorf sesshaft geworden. Gabriel Domak wurde verhaftet, weil er im Jahre 1965 vier Frauen getötet hatte. Jeweils an einem fünfzehnten der Monate Januar bis April. Beltheim rechnete zusammen und bildete solange Quersummen, bis er wieder einstellige Zahlen hatte. Eins bis vier. Er lehnte sich zurück, starrte auf den Bildschirm und verstand die Welt nicht mehr. Sela hatte recht behalten, es gab eine Verbindung. Er verließ sein Büro, um sich mit einer Kanne Kaffee zu versorgen. Als er wieder an seinem Schreibtisch saß, rührte er sich eine ordentliche Dosis Traubenzucker in seinen Kaffee und suchte weiter. Stellte Anfragen auf Aktenfreigaben und telefonierte bis die Leitungen glühten. Um halb zehn klopfte es an seiner Bürotür, worauf er ungehalten einfach <Nein> brüllte. Was seinen Kollegen Bergmann nicht sonderlich beeindruckte, denn er öffnete die Tür und trat ein. Bergmanns Fehler Nummer eins, Beltheim reagierte über:

„Was an dem Wort nein verstehst du nicht?"

Bergmann kratzte sich am Kopf, verschränkte die Arme und erwiderte:

„Den Grund dafür. Was ist denn los mit dir, du verpasst gerade eine Besprechung."

Fehler Nummer zwei, Beltheim lehnte sich zurück, schloss die Augen und atmete tief durch, dann sagte er mit gepresster Stimme so ruhig es eben möglich war:

„Da verpasse ich wohl nicht viel, im Gegensatz zu dem hier. Ich verfolge etwas, das ich für eine Spur halte. Sobald ich etwas zu melden habe werde ich das auch tun. Ich habe seit dreißig Stunden nicht geschlafen, verzeih mir also bitte, dass ich mich gerne auf meine Arbeit konzentrieren möchte und dich bitte, mir mitzuteilen, wenn bei der Besprechung etwas Neues herauskommen sollte."

Bergmann zog sich zurück, er kannte Beltheim nicht gut und wusste mit dieser Aussage nichts anzufangen.

Gegen ein Uhr mittags nützte auch der stärkste Kaffee nichts mehr, also machte Beltheim sich auf den Weg nach Hause und ins Bett. Das Telefon ausgesteckt, das Handy ausgeschaltet, schlief er dennoch nicht allzu lange. Gegen fünf Uhr abends schienen all seine Sinne von allein zu erwachen. Er stand auf, machte sich einen bestialisch starken Kaffee und ging mit einer sehr zuckerhaltigen Tasse dieses Gebräus in sein Wohnzimmer, wo das Handy lag. Er schaltete es ein und stellte fest, dass er bereits zwölf Anrufe verpasst hatte. Albrechtson hatte mehrfach angerufen und ihm ein paar sms geschickt. Er ignorierte alles. Stattdessen rief er Sela an, die sich zur Abwechslung einmal äußerst fröhlich meldete:

„Hase! Na? Sehnsucht?"

„Ganz fürchterlich. Du klingst so gut gelaunt, was ist der Anlass dafür? Wenn ich fragen darf."

„Darfst du, ich weiß bloß nicht, ob dir die Antwort gefällt. Ich hatte gerade einen tierisch geilen Orgasmus, du verstehst?"

Beltheim hielt sich kurz das Gerät ein Stück vom

Ohr weg. Zuviel Information auf nüchternen Magen, definitiv. Jedoch, was war von der Nichte des Teufels denn auch anderes zu erwarten. Also schüttelte er nur kurz den Kopf und meinte grinsend:

„Ich gratuliere. Ich wette du hast jetzt Hunger! Wie wäre es mit was chinesischem?"

Sela lachte, ebenso Lavinia, dann sagte sie:

„Wenn du so weiter machst, sag ich irgendwann noch Papa zu dir. Bis wann kommst du denn?"

Erneutes Gelächter. Die zwei waren heute aber auch wirklich albern. Ein Blick auf die Uhr ließ Beltheim schätzen:

„Gib mir eine Stunde. Bestell du heute, ich zahle. Bis dann."

„Jawohl, mein Hase!"

Sela sah Ihrer Liebsten in die Augen und zwinkerte ihr zu:

„Wollen wir unter der Dusche weitermachen? Hase erscheint in einer Stunde, wenn nicht früher."

„Schlechte Idee, zu wenig Zeit. Geh du zuerst duschen."

„Ungern. Aber bitte, seife ich meinen Luxuskörper eben selber ein. Ach, bestellst du bitte chinesisches Essen? Für drei, und lass dir die Quittung geben, Beltheim zahlt."

„Ich bestelle für vier, das kleine Monster in meinem Bauch entwickelt ein besonderes Talent fürs Kickboxen."

Daraufhin kam ein sarkastisch gemeintes: „Tja, ganz der Vater!" aus dem Badezimmer.

*Ich hatte mein Handy ausgeschaltet, Urlaub genommen und mich ganz und gar zurückgezogen. Die besonderen Umstände spielten mir das Verständnis meiner Kollegen und Kunden förmlich in die Hände. Schließlich war darüber in der Zeitung zu lesen.

Sebastian war nun schon die zweite Nacht in Folge bei mir geblieben, und ich genoss seine Gegenwart mit allen Sinnen. Wenn ich ehrlich bin, war er es, der mich daran hinderte, mir einfach eine Überdosis zu verpassen. Immer wieder sagte er, es wäre jeden Tag möglich, das Naemi wieder auftauchte. Ich glaubte nicht daran. Am zweiten Morgen erwachte ich nach ihm, und ertappte ihn dabei, wie er mich ansah. Er blieb völlig ernst, auch als er mir sagte, er könne sich gut vorstellen, sich in mich zu verlieben. Ich lächelte, der Gedanke daran mit ihm zusammen zu sein war zwar neu für mich, jedoch nicht unangenehm. Allerdings schwieg ich dazu, vorerst.

Auch diesen Tag über blieb er bei mir, sorgte dafür, dass ich aß, außer Kaffee auch noch etwas anderes trank, und mich gedanklich mit mir und meiner gemeinsamen Zeit mit Naemi auseinander setzte. In der Tat gelang es ihm sogar, mich soweit mit seinem Charme einzufangen, dass ich beinahe ausgelassen mit ihm herum alberte.

Wenn ich heute daran zurück denke, wünsche ich mir, ich hätte ihm mehr vertraut. Doch Naemi hatte mein Herz weiter fest im Griff. Zwar war meine Trauer in Verleugnung umgeschlagen, doch später kam sie umso stärker wieder zurück.

Gegen Abend schalteten wir beide unsere Handys für kurze Zeit ein und erledigten ein paar Rückrufe. Zu unserem ganz eigenem Vergnügen abwechselnd. Ich weiß bis heute nicht, wo ich damals diese gute Laune her hatte. Vermutlich seine sehr ansteckende und einnehmende Persönlichkeit waren schuld daran, dass ich die Zeit mit ihm als Geschenk verstand und annahm. Zu keiner Zeit hatte ich ein schlechtes Gewissen, so als hätte Naemi ihn zu mir geschickt. Das hätte ihr wahrlich ähnlich gesehen.

Allmählich begann ich mich für ihn zu interessieren, und fragte ihn nach seinem Studium, seinen Frauengeschichten, und so einiges mehr. Je mehr ich ihn kennenlernte, desto mehr erkannte ich in ihm das Gegenteil von Naemi. War das vielleicht der Zugang zu meinem Selbst gewesen, der Grund warum ich all das zugelassen hatte? Wie immer, wenn meine Gedanken in die Ferne drifteten, küsste er mich und holte mich auf die Erde zurück. Und nicht selten auch aufs Bett. Ich bekam in diesen Tagen von der Außenwelt so gut wie gar nichts mit. Nicht den Regen, der die Spuren von Naemis Verschwinden fortspülte, nicht die Nachrichten und Spekulationen, und zum Glück nicht die erfolglose Suche nach ihr. Alles was ich brauchte war das Vergessen, dass ich in seinen Armen fand. Und ohne das ich es wollte auch die Gefühle, die sich daraus entwickelten.

Sieben Tage sind geschafft. Sieben Tage ohne Nahrung. Nur Wasser. Ich bin schwach, verzweifelt, fiebrig und kann nicht einmal aufstehen ohne dass sich die Erde dreht. Ich schreibe im Liegen, klopfe Rhythmen mit dem Kugelschreiber. Versuche diese immerwährende Stille zu verdrängen. Wann immer der Wind in den Bäumen flüstert, lausche ich und höre Stimmen. Die Vögel scheinen für mich zu singen. Doch ich sehne mich nach Worten. Hier, in meinem Versteck habe ich weder Radio noch Fernseher. Keinen PC, kein Telefon, nichts. Isolation ist das Geheimnis zur Selbstläuterung. So steht es in diesem wundervollen Buch, dass mich zu dir bringen wird. Aus dem Wunsch heraus, meinen Geist zu beschäftigen, wenn die Müdigkeit mich nicht übermannt, lese ich das einzige, dass mir hier zur

Verfügung steht. Zur Zeit lese ich über die Gründung des Camps. Die Grundidee, völlig autark zu leben war ja eigentlich ganz gut. Doch die Absicht dahinter war mehr als grauenvoll. Dieser Guru wollte nichts weiter als eine Sekte gründen, die Frauen schwängern und die Kinder verkaufen. Die Gesetze dort sind allesamt von ihm erlassen, die Strafen menschenverachtend. Jedem, der nicht gehorsam ist, droht der Tod. Es ist nicht zu verstehen, das es in der Tat Menschen gibt, die sich dem unterordnen. Welch einen psychischen Druck, oder was auch immer, er nutzte, um diesen Menschen eine so effektive Gehirnwäsche zu verpassen, kann ich nicht ermessen. Er schreibt auch nichts darüber. Besonders oft aber erwähnt er, das Satan selbst sich Gott nennt, und verherrlicht ihn als den wahren Herrscher über diese Erde und alle anderen Planeten. Durch dieses Camp, so schreibt er, wollte er eine Empfangsstation für den wahren Herrscher erschaffen. Wenn man das alles so liest, erhält man den Eindruck, er glaubte selbst daran. Für heute nehme ich mir das vierzehnte Tagebuch vor. Solange, bis ich einschlafe.

...Die Tochter meines ersten Gerichtshaltenden gab sich einem Jüngling aus der Nachbarschaft hin. Dies war nicht vorgesehen, nicht beantragt und nicht erlaubt. Deshalb werde ich selbst die Bestrafung der Familie vornehmen. Die Eltern und ihre missratene Tochter warten bereits in meinem Kellerverlies auf ihre Folter. Ich lasse sie gerade holen.
Es ist vollbracht. Ich habe sie besessen, alle drei. Ich begann mit der Tochter, vor den Augen ihrer Eltern und den anwesenden Zeugen. Ich beendete Strafe der Tochter, als sie aus den meisten Körperöffnungen blutete. Sie wurde zu den Sträflingsbrutstätten gebracht. Falls sie empfangen hat, wird sie noch neun Monate leben. Als sie weg war, strafte ich die Eltern auf die

gleiche Weise. Den Vater strafte ich auf besondere Weise, denn er hatte von der Verliebtheit seiner Tochter gewusst. Er musste seine Frau töten. Ich versprach ihm, danach würde ich ihn ebenfalls töten, damit er bei seiner Frau sein konnte. Ich sagte aber nicht, wann das geschehen sollte. Ich werde also noch dabei zusehen können, wie die anderen ein Beispiel vor Augen haben werden, was geschieht, wenn sie die Jungfräulichkeit ihrer Töchter ihrem Meister vorenthalten. Morgen erfolgt dann die Bestrafung der Familie des Jünglings. Er hat eine kleine Schwester, sie ist erst zwölf, und ich werde ihn als einzigen verschonen. Seine Schwester wird für ihn leiden, was sein Leben für immer zerstören wird. Seine Eltern werden bei all dem zusehen und ihn hassen und verstoßen. Es wird ein perfektes Beispiel für das ganze Camp sein. Die Eltern selbst werden ein Kind zum Verkauf zeugen müssen. Dazu werden sie so lange unter Aufsicht bleiben, bis sie nachweislich schwanger ist. Sie darf das Kind dann während der Arbeit austragen, es soll sie schmerzen, sobald ich es an die neuen Eltern verkaufe und es ihr wegnehme. So werden sie ihren Sohn nicht mehr achten und lieben können. Das wird sein schlimmstes Leid sein. ...

Ich kann nicht mehr lesen, denn ich habe ständig Tränen in den Augen. Dieser Meister ist kein Mensch mehr. Ich frage mich, wie er wohl so geworden ist.

Als Beltheim eintraf, wurde er direkt in die Wohnküche gelotst, wo das Essen warm gehalten bereit stand. Er hatte sich um eine halbe Stunde verspätet, da er in seinem Büro noch einmal seine Emails kontrolliert hatte. Was sich mehr als gelohnt hatte. Das Wichtigste hatte er auf die Schnelle ausgedruckt, um es hier, bei Sela, in Ruhe zu lesen. Doch zunächst wurde Beltheim von Lavinia strengstens verboten, während dem Essen zu arbeiten. Und so kamen sie ins Plaudern. Was Lavinia mehr als alles andere interessierte war folgendes:

„Warum zeigen sie uns das alles? Woher nehmen sie dieses immense Vertrauen vor allem zu Sela?"

Beltheim wusste nicht so recht, was er darauf antworten sollte. Schließlich wusste er es ja selbst nicht. Also begann er zu erzählen:

„Als meine Frau im Sterben lag, fing sie an mir ihre Geheimnisse anzuvertrauen. Unter anderem erzählte sie mir von ihrer Tochter, die sie mit fünfzehn zur Welt brachte und zur Adoption frei gab. Ich habe seit dem Tod meiner Frau immer wieder überlegt, ob ich nach dem Kind suchen soll. Dann habe ich dich kennen gelernt."

Er sah Sela eindringlich an, kramte seinen Geldbeutel aus der Hosentasche, und zeigte ihr ein Foto von seiner Frau Andrea.

„Du bist ihr wie aus dem Gesicht geschnitten.Ihr habt sogar die gleiche Größe und Statur. Sieh sie dir an."

Sela nahm das Foto und betrachtete es lange. Sie sah sich selbst, etwas älter. Und in fremdartigen Klamotten, denn Sela trug ausschließlich Schwarz. Sie reichte das Foto an Lavinia weiter und fragte Beltheim:

„Warum hat sie es dir erst so spät gesagt?"

„Weil ich der Vater dieses Kindes bin. Wir hatten eine kurze Beziehung, die abrupt beendet wurde, weil ihre Eltern umgezogen sind. Von der Schwangerschaft wusste sie selbst damals noch nichts. Einige Jahre später trafen wir uns zufällig an der Uni wieder. Sie hatte bis zu ihrem Tod nicht den Mut es mir zu sagen."

„Also steckten die Eltern hinter all dem, und sie hatte nicht die Kraft sich zu wehren. Meine Adoptiveltern haben mir eine solche Geschichte erzählt, als ich sie nach meinen biologischen Eltern fragte."

Lavinia schüttelte den Kopf und gab Beltheim das Foto zurück, während sie sagte:

„Ich frage mich allen Ernstes, wie ihr beide bei dem Thema so ruhig bleiben könnt. Allein deswegen könnte man euch schon für Tochter und Vater halten."

„Naja, Süße, ein Foto und zwei ähnliche Geschichten beweisen eben noch nichts. Ich glaube, da hilft nur ein Vaterschaftstest."

Es wurde grübelnd zu Ende gegessen. Lavinia bot an, die Küche in Ordnung zu bringen und schickte die beiden ins Wohnzimmer. Dort versuchten sie sich auf Beltheims neue Erkenntnisse zu konzentrieren. Einige der Ausdrucke lieferten Hinweise auf die okkulten Bücher, die beschlagnahmt worden waren. Von eben diesen waren einige aufgelistet, andere aus dem Archiv verschwunden. Eine Freigabe der Verbliebenen schien unter den gegebenen Umständen wohl möglich. Auch die Tagebücher des Gabriel Domak konnten geholt werden. Beltheim hatte zum Vergleich dieser beiden Fälle eine kurze Beschreibung nach England geschickt. Die prompte Antwort war eine Akteneinsicht in den Fall aus England aus dem Jahr 1965. Da dies am effektivsten war, verglichen sie die beiden Fälle miteinander.

Die Leichen der Frauen waren auf die gleiche Art verstümmelt und getötet worden. In die Haut geschnittene Symbole, die aussahen wie Runen, Betäubung durch Drogen, und das Töten durch Ausblutung waren beinahe identisch. Gefunden wurden die Leichen in den Wäldern um eine alte Burgruine herum. Auf einer kreisförmigen Linie in exakter Ausrichtung nach Nord, Ost, Süd und West. Die Mitte dieses Kreises war eine Falltür, die sich in der ehemaligen Eingangshalle der Burg befand. Der Raum unter der Falltür war Teil des Verlieses, welches durch eine separate Tür von außerhalb der Burg betreten werden konnte. Dieses alte Gemäuer stand seit Generationen leer, der Verfall war zu weit fortgeschritten, um es wieder in Stand zu setzen. Und seit den Morden von fünfundsechzig wollte sich ohnehin niemand mehr für dieses Grundstück interessieren.

Domak selbst war mittlerweile verstorben, auch seine Frau lag neben ihm auf dem Friedhof. Die einzige, die man noch befragen konnte war die Tochter der beiden, denn ihr Sohn, nach seinem Großvater Michael Domak genannt, war nach Kanada ausgewandert und nicht mehr unter diesem Namen zu finden. Die Tochter Samantha hatte geheiratet und war nach London gezogen.

Beltheim zog die Fotos des Sees heraus und starrte lange darauf. Eine Falltür in einer Burgruine. Konnte der Kreis im See vielleicht eine unter Wasser gelegene Tür sein, zu einer unterirdischen Anlage, von der niemand etwas wusste?

Sie diskutierten noch einige Zeit über ihre Entdeckungen und beschlossen gegen zweiundzwanzig Uhr, dass es jetzt für Beltheim an der Zeit sei, sich darauf vorzubereiten, den Kollegen alles mitzuteilen. Während er also seine Unterlagen wieder zusammen sammelte, ging Sela ins Badezimmer, schnitt sich eine ihrer Dreadlocks ab, und gab sie ihm, als sie sich voneinander verabschiedeten.

Am nächsten Tag, dem 18.07.2001, war zwar keine Besprechung angesetzt, was Beltheim aber nicht weiter kümmerte. Er versammelte jeden um sich, dessen er habhaft werden konnte und breitete seine bislang gesammelten Werke, nebst den aktuelleren Ergebnissen des angebrochenen Tages, auf dem großen Tisch des Besprechungsraumes aus und legte los.

*Ich will nicht sagen, die Welt hätte sich ohne uns nicht weiter gedreht. Oder wir wären sonderlich erpicht darauf gewesen, unsere Zurückgezogenheit in Zweisamkeit unbedingt aufzugeben. Doch der Kühlschrank gab nicht mehr viel her, unsere Handys waren in eingeschaltetem Zustand eine wahre Plage, und das Geld kam auch nicht von allein zu uns. Wirklich äußerst widerwillig trennten wir uns, damit er in seiner Wohnung nach dem Rechten und nach frischer Wäsche sehen konnte. Ich schleppte mich zum Einkaufen, und traf unglücklicher Weise auf ein paar Bekannte, die mich natürlich mit Fragen durchlöcherten. Ich fühlte mich als wäre ich an die vorderste Front versetzt worden. Als stünde ich unter Beschuss, und reagierte entsprechend. Den meisten bekannten Gesichtern entkam ich mit knappen Gesten und den Tränen in meinen Augen. Ich beeilte mich nach Hause zu kommen. Als ich in meinen Briefkasten sah, war nicht sonderlich viel drin. Ich leerte die Einkaufstüten und erledigte ein paar Anrufe. Mein Chef war nicht sehr glücklich über mein Urlaubsgesuch, doch ich hatte vom letzten Jahr noch Urlaub übrig, welchen wir als zusätzliches Urlaubsgeld verrechneten. Das würde mein Trinkgeld ersetzen. Intern war diese Regelung schnell getroffen, doch ich war gespannt, wie die offizielle Version davon im Endeffekt aussehen würde. Ein schlechtes Gewissen hatte ich diesmal nicht. Viel zu oft hatte ich nun schon für andere den Kopf hingehalten. Ich war wütend auf mich selbst, weil ich mich für Naemi hätte durchsetzen sollen. Ich verhielt mich, als könnte ich dadurch die Zeit zurück drehen und sie wieder haben. Als ich dann meine, und auch ihre, Wäsche wusch, krampfte sich alles in mir zusammen. Es fühlte sich an, als würde ich sie aus meinem Leben herauswaschen. Ich ging ins Schlafzimmer und sah in den Kleiderschrank. Nicht lange, und ich schloss die Türen wieder, ließ mich aufs Bett fallen und drückte mir ein Kissen aufs Gesicht um den Schrei, der unbedingt heraus wollte, zu dämpfen. Als ich keine Luft mehr in den Lungen hatte um weiter zu schreien, schmiss ich das Kissen quer durchs Zimmer. Plötzlich hatte ich große Lust, das gesamte Zimmer zu zertrümmern. Hätte ich einen Baseballschläger gehabt, wäre genau das auch passiert. Ich stolperte in den Flur, und entdeckte dort Sebastians Zigaretten. Offensichtlich hatte er sie vergessen, was mir die Gelegenheit gab, mit dem Rauchen wieder anzufangen. Als Naemi in mein Leben trat, hatte ich mit dem Rauchen aufgehört. Ich nahm die Schachtel, ging auf den Balkon und rauchte. Alle fünf, die noch übrig waren. Mir war schwindlig, und, zugegeben, auch etwas schlecht. Aber ich hatte trotz allem das Gefühl, das mir das Rauchen jetzt gut getan hatte. So zog ich also los, um mir eine neue Schachtel zu kaufen. Obwohl es doch recht warm war, zog ich mir einen Kapuzenpullover an, denn ich hatte das starke Bedürfnis, mich unter der Kapuze zu verstecken. Wie ein geprügelter Hund eilte ich zum nächsten Kiosk und zurück. Gerade rechtzeitig, denn Sebastian stand wartend vor der Haustür. Er ließ die Sporttasche von der Schulter fallen und erwiderte meine stürmische Umarmung. Ich hätte mich am liebsten in ihn verbissen. Ich glaube, an diesem Nachmittag reagierte ich meine Aggressionen an ihm ab. Was ihm sichtlich gefiel. Irgendwann gegen Abend bekam ich entsetzliche Magenschmerzen, was sich letztlich als Hunger herausstellte. Wir verspeisten jeder eine Pizza, eine seltene Gelegenheit um uns zu unterhalten. Er sagte mir, dass er sich ein paar Tage Zeit nehmen könnte, wenn ich das wollte. Ich sagte ja. Daraufhin zog er seine rechte Augenbraue hoch und lächelte. Dieses Lächeln war ansteckend. Voller Selbstbewusstsein und Selbstsicherheit, was mir außerordentlich gut gefiel. Nach dem letzten Bissen

verkündete ich ihm, ich würde jetzt eine rauchen gehen. Auf dem Balkon stehend beobachtete er mich, und sagte ich sei unglaublich. Diesmal zog ich meine linke Augenbraue hoch, allerdings fragend. Er drückte seine Zigarette aus und ging hinein. Etwas irritiert folgte ich ihm. Ich fand ihn auf der Couch sitzend vor, die Ellbogen auf die Knie gestützt, und den Kopf mit der Stirn auf die Hände. Genauso hatte Naemi dagesessen, als sie mir sagte, dass sie sich in mich verliebt hatte. Sie hatte zwar gewusst, dass ich für sie da sein würde, egal, was passierte, doch von meinen wahren Gefühlen ihr gegenüber hatte sie damals noch nichts geahnt. Kurze Zeit war ich gefangen in dieser Erinnerung. Es gelang mir zwar, sie abzuschütteln, doch das Gefühl in meinem Inneren blieb. Ich kniete mich vor ihn hin, nahm seine Hände, so dass er mich ansehen konnte. Sein Blick war schwer zu deuten, doch die Art wie er mich küsste, sprach eine weitaus deutlichere Sprache. Ich wusste nicht wirklich was ich eigentlich wollte. Gern hätte ich in dieser Situation jedes weitere Wort vermieden. Doch als unsere Lippen sich trennten sagte er. „Ich verliebe mich in dich." Ich wollte ihn nicht aufgeben, aber ich war mit meinem Herzen bei Naemi. Meine Empfindungen spiegelten sich wohl auf meinem Gesicht wider, denn er meinte: „Sag nichts, ich kann warten. Wenn es sein muss, bis in alle Ewigkeit."
Damit hatte er etwas besiegelt, das nun schon vierzehn Jahre anhält. Stets hielt er sich an seine Worte, niemals drängte er mich zu irgendetwas. Heute kann ich mir mein Leben nicht mehr ohne ihn vorstellen. Und ich bin ihm unendlich dankbar, dass er sich mit nur einer Hälfte meines Herzens zufrieden gibt.

Beinahe habe ich es geschafft. In nicht weniger als acht Tagen habe ich nun vier Monate gefastet. Ich sehe aus wie ein Monster. Mein Verstand setzt hin und wieder aus, und ich schlafe fast den ganzen Tag. Ich muss mir mehrere Wecker stellen um zu trinken. Wenn ich schreiben kann, dann nur für kurze Zeit. Lesen kann ich nun nichts mehr. Es ist nichts mehr da, was ich nicht schon gelesen habe. Ich habe das Grauen kennengelernt. Das pure Grauen, und ich beginne zu zweifeln, ob dieses Ritual nicht doch vom Teufel selbst erdacht wurde. Doch in all den Wochen ohne Nahrung, Sprache und in absoluter Isolation, bin ich mehr denn je der Ansicht, deine Rückkehr verdient zu haben. Das einzige, das zu tun mir bleibt, ist das Buch mit dem Ritual selbst noch einmal in aller Gründlichkeit zu lesen. Dies ist vorgesehen für den ersten Monat nach der Reinigung. Ich bin müde, so müde.

Nur noch sieben Tage. Die kleinen Plastikflaschen mit dem Wasser sind mir beinahe zu schwer, wenn sie voll sind. Ich trinke sie bis zur Hälfte leer, damit ich in den letzten Tagen nicht verdurste. Manchmal fühle ich, wie ich sterbe. Doch dann denke ich an dich und entscheide mich fürs Weiterleben. Ich weiß ja nicht, ob wir uns drüben wiedersehen. Ich habe Angst, dass all die Geschichten über das Jenseits wirklich wahr sind. Was ist, wenn das Überleben und dieses verdammte Ritual unsere einzige Chance sind?

Sechs Tage. Ich weiß nicht warum, aber heute habe ich einen guten Tag. Ich fühle mein Herz schlagen. Ich sehe im Spiegel meine Halsschlagader hüpfen. Ich sehe abscheulich aus. Bald trinke ich Milch. Meine Muskeln funktionieren nicht mehr richtig. Oft frage ich mich, ob ich überhaupt noch welche habe. Meine Beine gehorchen mir heute. Ich bin seit vielen Tagen

*zum ersten Mal wieder aufgestanden. Gut, ich stand
nicht lange, aber ich bin gestanden.*

*Vier Tage. Gestern war ich nur zweimal wach um zu
trinken. Den Rest des Tages habe ich verschlafen. Ich
spüre meinen Körper heute kaum. Keine Schmerzen.
Völlig taub.*

Drei Tage noch.

Noch zwei.

Ich habe überlebt.

*Ich habe fünf Löffel Milch zu mir genommen. Trinke
weiter Wasser.*
*Noch fünf Löffel Milch. Entgegen aller Befürchtungen
erbreche ich nicht.*
*Habe heute, am ersten Tag nach meiner Prüfung, ganze
250 ml Milch zu mir genommen. Mir wurde schwindlig,
meine Hände und Füße kribbelten. Und mein Magen
brannte. So fühlt es sich also an, wenn man zu neuem
Leben erwacht. Morgen versuche ich mehr. Ich werde
wieder zu Kräften kommen. Werde es schaffen, für uns.*

*Ich habe entsetzliche Schmerzen. Und nach all der Zeit
des dahin Siechens glaube ich, dass ich Hunger habe.
Hoffentlich bin ich morgen stark genug, das Glas mit
den Kartoffeln aufzukriegen. Ich habe einen Monat, um
wieder laufen zu lernen. Bislang schlafe ich noch immer
die meiste Zeit. Heute morgen erwachte ich vor dem
ersten Wecker. Ein gutes Zeichen. Mein Kopf scheint
klarer zu werden. Und meine Augen haben wieder
Tränenflüssigkeit. Als ich heute erwachte, waren sie
etwas verklebt.*
Habe mit meiner intensiven Lektüre begonnen. Konnte

zwei ganze Seiten lesen. Ich befürchte, dass das Töten meine wahre Prüfung ist. Ich werde anderen Menschen das Liebste nehmen um dich wieder zu finden. Das Buch sagt, man muss Opfer bringen. Das Buch sagt, das größte Opfer sei, wenn man das Leben von vier Menschen für das eine gibt.

Es war sehr schwer, die halbe Kartoffel in der Milch zu Brei zu zerstampfen. Ich habe alle zwanzig Minuten einen Kaffeelöffel voll davon zu mir genommen. Ich kann den Stift, mit dem ich schreibe, heute zum ersten Mal wieder richtig halten. Meine Schrift wird fester, und leserlicher. Ich komme zu Kräften.
Dieser Meister, er ist mir zuwider, doch ich danke ihm jeden Tag für die Möglichkeit, dich wieder zu sehen. Er selbst hat dieses Ritual niedergeschrieben. Die Handschrift ist dieselbe wie in seinen Tagebüchern. Ich bin innerlich zerrissen. Weiß immer noch nicht, was ich glauben soll. Über allem schwebst du, seit dem Tag, an dem ich dich verloren habe. Vielleicht wäre der Tod ein Weg zu vergessen. Doch ich kann nicht. Ich will nicht. Ich will dich nicht vergessen. Ich will dich wieder haben!

Heute, am siebten Tag meines neuen Lebens habe ich meinen ersten Haferschleim gegessen. Meine Lektüre ist auf fünfzig Seiten angewachsen. Die Warnungen sind vielfältig. Viele davon so detailliert, dass ich hin und wieder zweifle. Das alles klingt so phantastisch, aber andere haben es auch geschafft. Ich werde weitermachen.

Ich habe gerade ein paar Schritte nach draußen gemacht. Es ist Winter geworden. Ich spürte die Kälte und den Wind. Es war ergreifend, meinen Atem zu sehen, das Brennen der Kälte in meinen Fingern und

Zehen zu spüren. Dort, wo ich mich verstecke, ist es so kalt, dass Tag und Nacht die Heizungen laufen. Ich habe Stromaggregate, achtzehn Stück, nur für die Heizung. Da ich nur zwei Räume beheize, ist es schwierig, weil sie ohne ständiges Heizen sofort auskühlen würden. Die Öltanks sind bis auf den vordersten randvoll. Ich habe also für die gesamten vier Jahre richtig gerechnet. Die Warnungen wollen weitergelesen werden. Danach beginnen die Anweisungen für die Meditationen. Und das Erlernen des astralen Reisens. Dafür sind zweieinhalb Jahre vorgesehen. Nach dem ersten Überfliegen, so erinnere ich es, waren es knapp dreihundert Seiten mit Anweisungen, wie es zu lernen ist. Danach werde ich fähig sein, zwischen den Welten zu reisen. Und diejenige zu finden, in der du noch existierst. Ich werde dich zu mir holen. Und gemeinsam werden wir den Rest unseres Lebens glücklich sein. Ja, das Buch liegt bereit.

Für Sela war Mittwoch dasselbe wie Montag für andere. Sie mochte diesen Tag nicht besonders. Schweren Herzens stieg sie um siebzehn Uhr in ihr Taxi und begab sich zum nächsten Stand. Um diese Uhrzeit bevorzugte sie den Bahnhof. Sie hatte den Wagen gerade abgestellt, da wurde die Beifahrertür geöffnet, und Sebastian stieg ein. Sela traute ihren Augen nicht. Dieser Mensch besaß die Unverfrorenheit, in ihr Taxi einzusteigen. Sie verschränkte die Arme demonstrativ vor der Brust und fragte übellaunig:

„Was zum Teufel willst du denn hier?"

„Spazieren fahren. Ich hoffe du bist fit genug, einmal Hamburg und zurück bitte."

„Einmal was? Hast du noch alle Eier im Sack?"

Sebastian lachte, sah aber stur weiterhin gerade aus und sagte noch einmal:

„Ich möchte, dass du mich nach Hamburg fährst und wieder zurück. Fahr los."

Sela zückte ihr Handy und rief ihren ebenfalls diensthabenden Kollegen an:

„Sorry, mein Herz, mein Treuester, mein Bester!"

Dieser roch ob der Anrede den Braten und fragte:

„Wohin fährst du denn jetzt schon wieder, häh?"

„Nach Hamburg. Denkst du an die Zuckerschnecken?"

„Ich schon. Verpiss dich!"

„Ich verpisse mich geflissentlich. Und bevor ich es vergesse, unsere Kleine muss heute nach Magdeburg. Die fährst du statt meiner. Klar soweit?"

„Ach weißt du, eigentlich liebe ich dich!"

„Jaja."

Sela legte auf, startete den Wagen und fuhr los. Sie war nicht so ganz sicher wohin das führen sollte, doch er saß nun mal mit vollem Recht auf ihrem Beifahrersitz. Sie schwiegen bis zur Autobahn. Dann räusperte Sebastian sich und versuchte sich zu erklären:

„Hör mal, ich wollte gestern bei dir vorbei schauen. Dabei ist mir dieser Bulle aufgefallen. Was du mit dem zu schaffen hast weiß ich nicht. Aber ich habe den Verdacht, dass Lavinia in Gefahr ist. Ich wollte mit dir darüber reden."

Sela schnaubte verächtlich. Gereizt entgegnete sie:

„Das du es wagst, nach allem was du ihr angetan hast. Du hast Glück, dass ich im Dienst bin und du ein Kunde. Ansonsten hätte ich nicht übel Lust, dir deine arrogante Fresse zu polieren!"

„Hey, ich habe ihr gar nichts angetan. Es ist schließlich nicht meine Schuld, dass sie sich diesem Typen an den Hals geworfen hat um mich eifersüchtig zu machen."

Sela fuhr wutentbrannt dazwischen:

„Lüg mich nicht an! Sie hat dich verlassen. Und um

dich zu rächen hast du sie vergewaltigt, so war das!"

„Gut, ruf sie an und frag sie. Ich habe sie niemals auch nur grob angefasst!"

Sela war überzeugt, dass Lavinia sie niemals belogen hätte. Also fuhr auf den nächsten Rastplatz, nahm ihr Handy und rief Lavinia an. Als diese sich meldete, fragte sie ungestüm:

„Ich will sofort wissen wer dich damals vergewaltigt hat."

Schweigen am anderen Ende der Leitung. Erneut fragte Sela:

„Lavinia, wer hat dir das angetan?"

Lavinia zögerte, brachte aber dann doch einen Namen hervor:

„Er hieß Louis. War dieser Austauschstudent, der mal bei Sebastian gewohnt hat."

Sela erbleichte. Und schwieg. Zu lange. Lavinia wurde plötzlich sehr nervös:

„Ich habe nie gesagt, dass es Sebastian gewesen ist, also nicht direkt, jedenfalls. Er hat mich verlassen. Das war es, was er mir angetan hat. Sela, ich wollte damals nicht dein Mitleid, das alles wollte ich nicht!"

Mehr konnte Sela nicht mehr hören, denn sie hatte aufgelegt und schaltete das Handy auf lautlos. Sie stieg aus, warf die Tür zu und lehnte sich dagegen. Sebastian tat es ihr gleich, ging allerdings ums Taxi herum und gesellte sich zu ihr. Er lehnte sich in derselben Pose an das Taxi und schwieg mit ihr. Bis sie ihn ansah und leise sagte:

„Du hast gewusst was sie mir erzählt hat, stimmts?"

„Ja."

„Warum hast du nichts gesagt?"

„Deinetwegen."

„Also das könntest du mir bitte erklären."

„Ralf hat mir alles erzählt. Auch, das du offensichtlich auf sie stehst. Du warst täglich bei ihr im Krankenhaus, nachdem sie versucht hatte sich umzubringen. Ich war damals schon auf dich aufmerksam geworden, deshalb hab ich mit Lavinia Schluss gemacht. Hatte keinen Sinn, uns was vorzumachen. Mehr kann ich dazu nicht sagen."

„Daraus soll ich jetzt schlau werden? Willst du jetzt damit andeuten, dass Lavinia mir die ganze Zeit etwas vormacht, um sich an dir zu rächen? Ach komm schon."

„Keineswegs. Es ist sicher nicht schwer, sich in dich zu verlieben. Erinnerst du dich an die Kneipentour damals? Wir hatten eine Menge Spaß. Wir beide."

Sela erinnerte sich, und die Erinnerung ließ sie schmunzeln. Langsam erfasste sie den Sinn seiner Worte und wusste nicht so recht was sie sagen sollte. Deshalb meinte sie schlicht:

„Lass uns weiterfahren, ja?"

Sie stiegen ein und fuhren zurück auf die Autobahn. Ein paar Kilometer schwiegen sie, doch dann begann Sela Fragen zu stellen:

„Nach unserer Kneipentour hast du also mit ihr Schluss gemacht, wegen mir?"

„Ja."

„Und danach die ganze Zeit über geschwiegen. Warum?"

„Naja, du warst glücklich mit ihr. Es war schön, dich so glücklich zu sehen."

Sela hatte Mühe, diese Worte zu begreifen. Sie erinnerte sich an das, was er über Lavinia gesagt hatte, dass sie in Gefahr sei. Sie dachte kurz darüber nach, dann wollte sie wissen:

„Und dass Lavinia wohl irgendwie in Gefahr ist, interessiert dich nur meinetwegen, oder wie?"

„Hauptsächlich, ja. Hör mal, ich weiß, dass alles kommt ein bisschen plötzlich. Und ich will mich nicht zwischen euch drängen. Aber ich hab etwas, was ich dir geben möchte, weil du dich mit diesem Bullen offensichtlich so gut verstehst. Vielleicht ist es nichts, vielleicht alles. Ich weiß es nicht. Aber meine Gefühle für dich brauchen dich deshalb auch nicht zu interessieren. Ich will, dass du dein Leben genauso weiter lebst, wie bisher. Ich mache euch keine Schwierigkeiten, wegen dem Kind nicht, und auch sonst nicht."

Während er das sagte sah er stur geradeaus ins Nirgendwo. Seine Stimme war ruhig, leise, aber bestimmt. Sela erstickte beinahe in Schuldbewusstsein. Etwas gereizter und lauter als nötig sagte sie:

„Sag mal, wer zu Teufel bist du eigentlich?"

Eine Zeit lang fuhr sie grübelnd weiter, schließlich besprachen sie das genaue Fahrziel, das etwas außerhalb der Stadt Hamburg lag. Sebastian würde sie einfach lotsen. Weiter fanden sie keine Worte mehr. Die Stimmung war gedrückt, beinahe schwermütig. Beide hingen ihren Gedanken nach, ohne Sebastians Eingreifen hätte Sela glatt die Ausfahrt verpasst. Als sie nach ein paar Stunden am Ziel ankamen, bat er sie zu warten und stieg aus. Er verschwand in einem niedlichen kleinen Vorstadthaus, und blieb dort eine halbe Stunde. In dieser Zeit dachte Sela an Lavinia. An die Lüge, auf der ihr ganzer Hass auf Sebastian aufgebaut war. Wie sie ihrer Freundin noch vertrauen sollte wusste sie im Moment nicht. Sie war enttäuscht, vergoss ein paar stille Tränen, und kam nicht wirklich zu einem Ergebnis. Die Zeit würde wohl für sie arbeiten müssen. Der Widerspruch ihrer Gefühle konnte nicht auf Dauer anhalten. Auch musste sie sich eingestehen, dass sie wider Willen von Sebastian fasziniert war. Sie steuerte dagegen, indem sie sich selbst vorhielt, dass auch er gut und gerne lügen konnte. Oder ihr etwas vormachte. Vielleicht hatte sie sich auch einfach nur gründlich verschätzt. Immer noch kratzte das schlechte Gewissen an ihr. Doch er hatte zugelassen, dass sie ihn all die Zeit über so behandelte. Um ihrer Verwirrung entgegen zu wirken, stieg sie aus und atmete ein paar mal tief durch. Was zwar nicht viel half, aber gut tat. In diesem Moment wünschte sie, sie hätte mit dem Rauchen nicht aufgehört. Gerade als sie sich nach einem Zigarettenautomaten umsah, kam Sebastian aus dem Vorstadthaus, beladen mit einem Karton. Sie ging zum Kofferraum und öffnete diesen. Als er den Karton abstellte, sagte er:

„Hier ist alles drin, aber die Originale bleiben unter Verschluss. Es sind Kopien, sie waren nicht billig. Lass sie dir nicht stehlen."

Er stieg ins Taxi ein. Sela gesellte sich rasch zu ihm. Weil sie gerade nicht wusste was sie sagen sollte, fragte sie ihn nach einer Zigarette. Diesmal sah er sie direkt an, zog seine rechte Augenbraue hoch und fragte:

„Du rauchst wieder?"

„Noch nicht, aber gleich. Kommst du mit raus?"

Zur Abwechslung setzten sie sich auf die Motorhaube, und rauchten schweigend. Bis Sela es nicht mehr aushielt und förmlich herausplatzte:

„Verdammt noch mal, tut mir leid, dass ich so zu dir war, aber ich..."

Er unterbrach sie, indem er sich ihr abrupt zuwandte und seine linke Hand auf ihre rechte Schulter legte:

„Es gibt nichts zu verzeihen. Absolut gar nichts. Hör mal, ich bin müde. Fahr mich nach Hause und lass mich ein bisschen schlafen, ja?"

Auf der Autobahn schlief er bereits, den Kopf am Seitenfenster angelehnt. Sela konnte am Besten nachdenken, wenn sie Auto fuhr. Als sie Berlin wieder erreicht hatten, wusste sie, dass sie Abstand brauchte. Da Lavinia wusste wo ihre Eltern wohnten, plante sie Beltheim zu überfallen und ihn zu bitten, dort den Tag über auf der Couch schlafen zu dürfen. Sie hoffte inständig, dass er dem zustimmte. Dabei konnte sie ihm auch gleich den Inhalt des Pakets zeigen, und selbst alles durchsehen. Sie hielt in zweiter Reihe vor Sebastians Wohnhaus, und ließ sich ein wenig Zeit ihn zu betrachten, bevor sie ihn weckte. Als er zu sich kam, sah er sie an. Sein Blick verriet eine stille Sehnsucht, doch er wandte sich schnell ab, atmete tief durch und sah auf das Taxameter. Er zog seinen Geldbeutel hervor, entnahm ein paar Scheine, wobei er die Summe auf den nächsten Hunderter aufstockte und meinte:

„Rest ist für dich."

Danach zog er einen Umschlag aus seinem Rucksack und hielt ihn ihr hin, mit den Worten:

„Das ist für den Kleinen. Verwalte du das, ich verlass mich auf dich. Mach`s gut."

Sie nahm den Umschlag und sah zu, wie er ausstieg. Ein kurzer Blick in das Kuvert verriet den Inhalt. Es war eine Menge Geld. Wieder fragte sie sich, wer dieser Mensch eigentlich war. Und warum er diese seltsame Leere in ihr hinterließ. Um nicht in Tränen auszubrechen fuhr sie zu Beltheim. Fahren beruhigte sie. Als sie bei Beltheim ankam sah sie auf die Uhr, und dachte kurz daran, im Taxi zu schlafen. Jedoch rief der kleine Egoist in ihr nach Gesellschaft. Und so schnappte sie sich den Karton und klingelte Beltheim aus dem Bett. Der war mächtig überrascht, als er sie vor seiner Haustür stehen sah. Sie sah traurig aus, deshalb trat er lediglich beiseite und ließ sie herein. Als sie sich die Schuhe ausgezogen hatte, führte er sie ins Wohnzimmer und ließ sie auf der Couch Platz nehmen. Auf dem Weg in die Küche fragte er:

„Milch und Zucker?"

„Nur ein Schuss Milch. Danke."

Während der Kaffee durchlief gesellte sich Beltheim zu ihr. Ihm war nicht wohl in seiner Haut, denn er musste mit ansehen, wie sie weinte. In seiner Unbeholfenheit ging er in seine Garderobe um ein Päckchen Taschentücher zu holen. Er legte es vor ihr auf den Tisch und ging in die Küche, um nach dem Kaffee zu sehen. Als er mit zwei dampfenden Tassen wieder zurück kam, hatte sie sich etwas beruhigt. Vorsichtig fragte er an:

„Willst du vielleicht darüber reden?"

„Eigentlich möchte ich erst mal einen Tag darüber schlafen. Aber danke. Ich hab was, das wir uns mal ansehen sollten."

Sie holte den Karton und öffnete ihn. Er enthielt mehrere sorgfältig gebundene Stapel verschiedener Schriftstücke. Bei näherer Betrachtung, stellten sie sich als Kopien von Büchern heraus. Insgesamt waren es acht, sortiert nach Jahresdaten und jeweils etwa fünfhundert Seiten stark, wobei die einzelnen Seiten je vorn und hinten bedruckt waren. Nur eines davon unterschied sich im Titel von den anderen. Auf diesem Einen stand:

<Ursprüngliche Fassung>

Ganz unten im Karton fand Sela noch ein Kuvert, auf dem ihr Name stand. Ohne ihn zu öffnen, legte sie ihn neben sich auf die Sitzfläche der Couch. Beltheim war bereits beim Lesen und runzelte dabei die Stirn. Er schnappte sich kurzerhand den ganzen Inhalt des Kartons und flog jeweils über den Titel und die ersten Seiten. Völlig verdutzt fragte er Sela:

„Woher hast du das alles?"

„Von Sebastian. Frag nicht weiter, und vergiss bitte alles Negative, was ich über ihn gesagt habe."

„Besser wir reden heute Abend. Wann musst du los?"

„Ich fange heute etwas später an, gegen acht sollte ich allerdings spätestens im Taxi sitzen."

„Gut. Ich mach mich dann mal langsam fertig. Du brauchst doch bestimmt eine Decke, ich hole dir eine."

Sie bedankte sich und wartete geduldig, bis er aus dem Haus war. Dann erst nahm sie das Kuvert und öffnete es. Es war ein kurzer Brief von Sebastian. Sie begann zu lesen:

<Hey Nocturna, pass auf dich auf. Es gibt Menschen, die nicht wollen, dass diese Schriftstücke bekannt werden.

Und sei Lavinia nicht böse, sie braucht dich jetzt. Ich will, dass du glücklich bist. Wann immer du mich brauchst, bin ich da.

P.S. Ich kann warten. Wenn es sein muss, bis in alle Ewigkeit.>

Sie steckte den Brief zurück in das Kuvert und verstaute ihn in einer Seitentasche ihres rechten Hosenbeines. Dann legte sie sich auf die Couch, deckte sich zu, und lag noch lange grübelnd wach, bevor sie endlich einschlief.

*Der achtzehnte des Monats Juli war ein wenig reicher an Informationen. Noch heute wünsche ich mir, ich hätte ihn verschlafen. In den zwei Stunden, in denen ich mein Handy eingeschaltet hatte, rief Beltheim an. Die Suche nach Naemi war weiterhin erfolglos, aber dafür hatten sie an den vier Eichen mit den Haken etwas ausgebuddelt. Ich war nicht sonderlich überrascht, als er mir sagte ich solle mir eine Zeitung kaufen, und etwas über die vier nur noch teilweise vorhandenen Skelette lesen. Mein Chef hatte auch angerufen, er wollte fragen, ob ich für einen erkrankten Kollegen einspringen könnte. Ich sagte nein. Ich wollte endlich meinen Urlaub. Nachdem ich ein paar sms beantwortet hatte, schaltete ich das blöde Ding wieder aus. Sebastian und ich einigten uns auf einen kleinen Spaziergang zum Kiosk. Recht viel weiter wollten wir beide nicht. Aber eine Zeitung, denn wir waren doch ein wenig neugierig auf die Story mit den vier Skeletten. Nachdem wir also wieder bei mir waren und die Zeitung gelesen hatten, kamen wir auf Naemi zu sprechen. Er meinte, es täte mir gut, über sie zu reden. Zuerst wusste ich nicht so recht was ich sagen sollte. Also erzählte ich von dem, was mir am Wichtigsten war. Von dieser tiefen Vertrautheit zwischen uns, die keiner Worte bedurfte. Diese Art von Seelenverwandtschaft, die man wohl nur einmal erleben darf. Um ihm zu verdeutlichen was ich damit meinte, erzählte ich von den vielen Situationen, in denen ich sie nur ansehen musste um zu wissen was sie gerade brauchte. Irgendwann, mitten im Satz, erinnerte ich mich an die erste Nacht, in der er zu mir kam, Kaffee kochte und mir den Halt gab, den ich gebraucht hatte. Als ich so plötzlich schwieg, schien er meine Gedanken zu lesen. Denn er lehnte sich zurück und lächelte dieses süffisante Lächeln, mit dem er mich noch heute immer wieder zum Schmunzeln bringt. Wäre Naemi nicht vor ihm in mein Leben getreten, hätte ich wohl in ihm vielleicht den perfekten Partner gefunden. Eigentlich kann ich darüber gar kein Urteil fällen, und ich will es auch nicht. Es ist keine Lüge, wenn ich ihm sage, dass ich ihn liebe. Und zu meiner Schande muss ich gestehen, dass, wäre Naemi lebend wieder aufgetaucht, ich ihn um ihretwillen wohl hätte fallen lassen. Auch darüber redeten wir an diesem Nachmittag, und ich zog es vor, absolut ehrlich zu sein. Er fragte mich, ob ich zu ihr zurückkehren würde, sobald sie wieder da sei. Ich sagte ja. Sein Gesichtsausdruck in diesem Moment machte mich befangen und traurig. Ich wollte ihm nicht weh tun, wusste mich aus dieser Situation nicht herauszuwinden. Ich sagte ihm, dass ich nicht an ihre Wiederkehr glaubte, zumindest nicht lebend. Schließlich konnte ich sie weder fühlen, noch irgendeine Verbindung finden. Als wäre sie nicht mehr in dieser Welt. Er sah mir daraufhin in die Augen und fragte mich: "Glaubst du, ich kann dich genauso glücklich machen wie sie?" Ich glaube, das war der Moment, in dem ich begann, mich in ihn zu verlieben. Ich setzte mich ihm zugewandt auf seinen Schoß und nahm ihn in die Arme, dann erst antwortete ich ihm: „Wenn es überhaupt jemand kann, dann du." Ich spürte, wie seine Umarmung deutlich fester wurde, und nahm das als ein Zeichen dafür, dass ihm diese Antwort genügte.

Die Zeit mit Naemi war vorüber, wie abgeschnitten. Damals ahnte ich noch nichts von dem Leid, das auf mich noch wartete. Und das war auch gut so. In dieser Zeit waren meine Empfindungen nur auf den Moment fixiert. Die Augenblicke, in denen ich Glück empfand und die mich stärkten für das Kommende, reduzierten meine Welt auf Sebastian und mich. Was wäre wohl aus mir geworden, wenn er damals nicht seine Gelegenheit beim Schopf gepackt hätte? Schon damals bewunderte ich seinen Mut. Ich selbst hätte das nicht gewagt. Wäre außen vor geblieben, und hätte den richtigen Zeitpunkt wahrscheinlich verpasst.

Als ich in dieser Nacht in seinen Armen einschlief, war ich, ohne es zu wissen, bereits mit dem einen Menschen vereint, für den ich im Laufe der Zeit Naemi zwar nicht vergessen konnte, aber in Frieden an sie denken und in glücklichen Erinnerungen schwelgen. Ich denke, das hätte niemand sonst geschafft. Und ich war trotz aller Vorsicht bereits in anderen Umständen. Doch davon ahnte ich noch nichts.

Manchmal, wenn ich so wie jetzt über diese Zeit berichte, denke ich sogar Naemi schickte ihn damals zu mir. Anders kann ich mir das nicht erklären. Im Rückblick wünsche ich mir allerdings noch immer, ich hätte diesen Tag verschlafen. Nicht schwanger zu werden hätte mir viel Leid erspart.

Mein neues Leben, heute zählt es einen vollen Monat, ist vollständig nach Plan verlaufen. Ich habe das richtige Essen erlernt, meinen Körper immer besser unter Kontrolle. Meditation und stille Innenschau sind nun Teil meines Alltags. Die Übungen zur Körperertüchtigung gehen nun leicht von statten. Ich sehe immer noch schlimm aus. Aber wenn ich dich endlich wiedersehe, werde ich schön sein. Schön, und voller Leben. Auch wenn es gestohlen sein wird. Daran denke ich besser nicht. Es zählt für mich nur das eine Ziel.

Die Warnungen habe ich bearbeitet. Das heißt, nach Abschnitten gekennzeichnet und durchnummeriert. Ich bin eifrig dabei, sie auswendig zu lernen. Parallel dazu beginne ich meine Meditationen aus den ersten Kapiteln des Erlernens des astralen Reisens getreu den Anweisungen, was mir sehr beim Lernen hilft. Noch schlafe ich beim Meditieren ein. Nicht immer, und auch nur wenn ich dabei liege. Doch dafür ist ja noch reichlich Zeit. Ich werde nur durch meine Gedanken durch die Meditation geführt. All die Erinnerungen und Albträume aus meiner Zeit der Reinigung sollen jetzt mental verarbeitet werden. Welch schöne Seiten dieses Ritual doch hat. Oder ist das opfern gar selbst etwas Schönes? Jetzt, da ich mich selbst ausbilden kann, verrücken sich meine Ansichten. Auch diejenigen, bei denen ich doch sehr hart auch mit mir selbst ins Gericht gehe. Je höher der Geist strebt, desto kleiner werden all die menschlichen Bestrebungen. Desto kleiner werden die Menschen selbst, in ihrer Bedeutung und ihrem Sein. Vergleichbar mit einem Stau auf der Autobahn, wenn man ihn aus dem Flugzeug betrachtet. Ich verliere den Bezug zur Gesellschaft, und zu allem, was mit ihr verbunden ist. Die Einsamkeit ist heilsam. Das Schweigen ebenso. Die Ruhe im Inneren kann nur entstehen, wenn die Bedürfnisse auf das Wesentliche *reduziert werden. Wenn der Geist über den Körper herrscht. Wenn der Geist das Gehirn befielt, Strukturen der gesellschaftlichen Oberflächlichkeit vernichtet und das wahre Sein zum Vorschein bringt. Die Existenz der menschlichen Bedürfnisse dem gegenüberstellt, was die Seele wirklich und wahrhaftig braucht. Und das ist in der Tat nicht viel. Im Gegenteil, es ist auf dieser Erde bereits in allem Natürlichen vorhanden. Erst als der Mensch seinen Verstand dem Materialismus zuwandte, verstummten die Seelen der Menschen. Und mit ihr die Menschlichkeit. Die wahre Natur des Menschen ist vergraben unter der Oberflächlichkeit, unter einer dicken Schicht aus gesellschaftlichem Müll, bestehend aus materiellen Nichtigkeiten und Geltungsdrang.*

Ich fühle die Loslösung von alldem. Fühle, wie ich langsam dazu befähigt bin loszulassen. Entsagung ist ein Schlüssel, das Tor zu mir selbst wird sich öffnen. Und die Welt dahinter wird eine andere sein. Eine, die ich selbst erschaffe, mit all meiner Liebe für dich, und allein für uns. Alles Schöne dieser Erde wird gerade von denjenigen Menschen vernichtet, die nicht in der Lage sind, ihr eigenes Ich zu begreifen. So lächerlich das bei näherer Betrachtung auch scheinen mag, erfüllt es mich dennoch mit Trauer. Denn die Welt könnte so viel schöner sein, würden die Menschen sich selbst in aller Ehrlichkeit gegenüber treten und erkennen, das ihr Leben eine einzige Lüge ist. Recht kann nicht gesprochen werden. Es existiert in unseren Gedanken, weil wir es so lernen. Doch die Liebe eines Neugeborenen zu seiner Mutter ist natürlich, so rein wie Liebe sein sollte. Und was wird daraus sobald wir all das zu lernen beginnen, was uns die Gesellschaft vorgibt? Müll. Nichts weiter. Irgendwann bilden wir uns ein, die Regungen unserer Hormondrüsen seien ein Zeichen von Liebe. Dieses Verhalten ist das eines Tieres. Der Mensch im Allgemeinen ist nichts weiter als ein körpergesteuertes Wesen, das seine eigene Herrlichkeit nicht zu sehen vermag. Was könnten wir nicht allein schon Kraft unserer Gedanken alles erreichen?

Dieser Teil des ganzen Rituals passt nicht so recht zu dem Teil mit den Opferungen. Ich finde, er spricht eine andere Sprache. Noch habe ich ihn nicht genauestens studiert, und die Verinnerlichung wird Zeit kosten. Die Warnungen sind ebenfalls zweigeteilt. Manches ist von so durchleuchteter Einsicht, dass ich es immer und immer wieder lesen muss. All das, was sich auf das Töten bezieht, scheint mir wie aus fremder Feder stammend. Doch der Wortlaut ähnelt sich durchgehend. Meine Gefühle diesbezüglich sind befremdend. Doch dieses Buch ist von einer einzigen Hand geschrieben, die einem Scheusal von Mensch gehörte. Ich verstricke mich in Widersinnigkeiten. Ich sollte meditieren.

Auch meine schriftlichen Aufzeichnungen beschränke ich auf ein Minimum von einmal im Monat, oder noch weniger. Die Zeit ist reif, mich auch in meinem letzten Bedürfnis nach Mitteilung zu läutern. Ich trage fortan alles in meinem Geist mit mir, und gedenke nur noch das aufzuschreiben, was mir nach Längerem noch im Gedächtnis blieb. Auf diese Weise werde ich mich immer weiter auf das Wesentliche konzentrieren und reduzieren. Vergleiche jeder Art seien Gift für die Seele. Das Motiv für meine erste richtige Lektion. Ich beende meine Eintragung für heute, und die nächsten Wochen. Bis etwas geschieht, dass wirklich eine Erwähnung wert ist.

Beltheim beschloss gegen zwei, dass es doch an der Zeit sei, diese Bücher genauer zu betrachten. Und vor allem, nach Sela zu sehen. Als er zu Hause ankam schlief Sela tief und fest. Kurze Zeit betrachtete er sie. Tief in seinem Inneren verspürte er den Wunsch, sie als seine Tochter liebevoll zu wecken, und ihr dabei zärtlich übers Haar zu streichen. Er spürte, dass sie ein Mensch war, der sich selbst so annehmen konnte wie er war. Das hatte sie bestimmt von ihrer Mutter. Sich einen Irrtum einzugestehen war das eine, doch offen darüber zu sprechen etwas anderes. Ihm spukte immer noch das im Kopf herum, was sie über Sebastian gesagt hatte. Mühsam riss er sich von ihrem Anblick los und marschierte in die Küche, um für eine anständige Mahlzeit zu sorgen.

Sela wurde von dem Geruch nach warmen Essen geweckt. Noch halb im Schlaf begriff sie zunächst nicht, wo sie war. Doch als sie sich umsah, fiel ihr alles wieder ein. Sie war bei Beltheim, nachdem sie eine äußerst aufklärungsreiche Fahrt mit Sebastian unternommen hatte. Sie tastete nach dem Brief in der Seitentasche ihrer Hose und zog ihn hervor. Sie konnte nicht umhin, ihn noch einmal zu lesen. Und blieb am letzten Satz hängen. Was sie dabei fühlte, als sie ihn immer wieder las, verwirrte sie. Diese Worte gingen ihr entschieden zu nahe. Erst als Beltheim plötzlich hinter der mittig im Raum stehenden Couch auftauchte, steckte sie den Brief schnell wieder weg. Gähnend sagte sie:

„Guten Abend, Hase. Wie spät ist es?"

„Genau zwanzig Minuten vor vier. Gut geschlafen?"

„So gut es eben ging. Hab viel nachgedacht. Zuviel vielleicht."

„Zuviel erlebt wohl eher. Hunger?"

„Mächtig. Toast Hawaii, wenn meine Nase mich nicht täuscht. War das geraten?"

„Was?"

„Mein Lieblingsessen. Schon als Kind habe ich mich damit regelmäßig überfuttert."

Beltheim freute sich darüber, ihr etwas Gutes tun zu

können. Lächelnd ging er in die Küche, und kam wenig später mit zwei Tellern wieder zurück. Auf dem Tisch standen bereits zwei Gläser und verschiedene Getränke, von denen Sela sich den Obstsaft schnappte, und das erste Glas wie eine Verdurstende hinunterstürzte. Danach widmete sie sich ganz und gar ihrem Toast. Beltheim genoss es, ihr zuzusehen, und vergaß beinahe selbst zu essen.

Nach dem Essen lockten die Bücher zu näherer Betrachtung. Zielstebig schnappte sich Sela das Buch der ursprünglichen Fassung und begann zu lesen. Sie ignorierte Beltheim, denn sie war noch nicht wirklich bereit über alles zu reden. Doch der konnte nicht umhin, sie über einiges zu informieren:

„Du hast deiner Freundin nicht Bescheid gesagt. Die hat heute beinahe eine Vermisstenanzeige aufgegeben. Bei vermissten jungen Damen schrillen bei der Polizei zur Zeit im Allgemeinen sämtliche Alarmglocken. So kam der Anruf der Kollegen zu mir. Ich hab Lavinia dann angerufen und ihr gesagt, dass du wohlauf bist."

„Danke, ich hoffe aber, du hast ihr nicht gesagt wo ich zu finden bin, oder?"

„Nein. Ich dachte mir schon, dass du das nicht willst. Falls du mir erzählen möchtest, was letzte Nacht passiert ist, kannst du das gerne tun. Meistens hilft es dabei, einen klaren Kopf zu kriegen."

Sela war da nicht so überzeugt. Jedoch regte sich das schlechte Gewissen in ihr. Schließlich hatte er einfach hingenommen, dass sie sich hier niederließ. Also nahm sie sich zusammen und gab sich Mühe, die richtigen Worte zu finden:

„Ich war gestern Nacht mit Sebastian unterwegs. Er gab mir den Auftrag, ihn nach Hamburg zu fahren. Dabei hatten wir natürlich Zeit, uns zu unterhalten. Es hat sich leider herausgestellt, dass Lavinia mich belogen hat. Ich möchte darüber jetzt gerade nicht ins

Detail gehen. Aber das ist der Grund dafür, warum ich etwas Abstand brauche. Na jedenfalls, in Hamburg hat Sebastian diese Kopien hier besorgt, und offensichtlich teuer dafür bezahlt. Er sagte, ich solle sie dir zeigen. Weil dir das vielleicht weiter hilft."

„Und du bist so traurig wegen dieser Lüge deiner Freundin? Oder höre ich da noch etwas anderes heraus?"

„Meine Stimme hat mich verraten, richtig? Gut, du hast mich überführt. Ich bin mir in allem unschlüssig, vor allem was ihn angeht. Vielleicht, wenn etwas Zeit vergangen ist, ach ich weiß nicht, ich muss nachdenken."

„Sind deine Gefühle für ihn älter, als die für Lavinia?"

„Schon möglich. Könnten wir jetzt bitte über diese Bücher hier reden?"

Beltheim gab sich geschlagen. Für diesen Abend, zumindest. Die restliche Zeit lasen und diskutierten sie abwechselnd. Es stellte sich rasch heraus, dass die ursprüngliche Fassung der Grundstock war, auf den die anderen Bücher aufgebaut waren. Doch die waren so wesentlich verändert, dass der Sinn, der einmal dahinter stand, kaum mehr vorhanden war. So nahmen sie sich vor, die Bücher zu vergleichen. Dafür wollten sie diese in einzelne Kapitel mit Kurzbeschreibung zusammenfassen. Für die heutige Nacht wurden das Originalbuch für Sela, und das erste Buch der verfälschten Fassung für Beltheim zur Aufgabe. Donnerstag Nacht war nicht allzu viel los, so konnte Sela im Taxi lesen, während Beltheim gemütlich zu Hause arbeiten konnte. Noch schwereren Herzens, als am Abend zuvor, machte sich Sela auf zur Schicht. Wie gewohnt, steuerte sie zunächst den Bahnhof an. Sie stand lange, etwa eine Stunde rührte sich kaum etwas. Die Kollegen vor ihr unterhielten sich angeregt. Plötzlich riss sie jemand aus ihrer Konzentration, indem er im Vorbeigehen auf die Motorhaube klopfte, und gleich darauf auf ihrem Beifahrersitz Platz nahm. Es war Sebastian. Sela hatte nicht so schnell mit einem Wiedersehen gerechnet, also sah sie ihn überrascht an. Er begrüßte sie mit einem knappen: „Hey."

Lächelnd erwiderte sie den Gruß mit demselben Wort, und sofort fielen ihr Beltheims Worte wieder ein: waren ihre Gefühle für ihn wirklich älter als die für ihre Liebste? In diesem Moment war sie einfach nur glücklich, ihn wieder zu sehen. Er sah auf das Buch in ihren Händen und fragte:

„Und? Was hältst du davon?"

„Von diesem einen hier wesentlich mehr als von den anderen. Woher sind all diese Schriften?"

„Das kann ich dir leider nicht sagen. Je weniger du weißt, desto sicherer bist du. Hör mal, wenn du gerade nichts zu tun hast, könnten wir ja einen Kaffee trinken gehen."

Sela sah auf ihre Uhr und meinte:

„Bis Mitternacht könnte ich schwänzen. Aber ich sollte noch was tun, sonst sehe ich schwarz für die Miete."

„Na dann erlaube mir doch einfach, deine Nummer weiter zu geben. Könntest du tagsüber auch fahren?"

„Schon, was hast du denn vor?"

„Erst mal beschäftige ich dich. Den besten Kaffee gibt's am Prenzlauer Berg. Und da muss ich heute sowieso noch hin."

Sela ließ sich zwar darauf ein, war aber innerlich unsicher, denn sie kannte ihn nicht besonders gut, und wusste nicht so recht, was er damit bezweckte. Immerhin schaffte er es, dass sie sich unbefangen mit ihm unterhielt. Am Zielort angekommen, scherzten sie sogar miteinander. Die Zeit verging wie im Flug, aus einem Kaffee wurden mehrere, und das Gespräch vertiefte sich. Gegen halb eins kamen zwei Herren an ihren Tisch und begrüßten Sebastian sehr herzlich.

Einer von ihnen fragte ihn nach einem Taxi, sein Freund müsse nach Tegel zum Flughafen. Sebastian grinste, deutete auf Sela und sagte:

„Diese wundervolle Frau hier fährt ihn. Alles organisiert. Wann muss er denn los?"

„In einer halben Stunde. Wir fahren am besten gleich mit, ich hab Bock auf eine Tour. Du kommst doch mit?"

Sela hörte fasziniert zu, wie Sebastian ihre Nachtschicht füllte. Nachdem der erste am Flughafen abgesetzt war, fuhr sie mal wieder mit ihm auf eine Kneipentour. Sein Freund und er tranken wie gewöhnlich, und trafen verschiedene Leute, mit denen sie wer weiß was für Geschäfte tätigten. Doch stets hatte er ein Auge auf sie gerichtet, als könnte er sie nur diese einzige Nacht lang sehen. Gegen fünf Uhr fuhren sie dann seinen Freund zuerst nach Hause. Als Sebastian seine Haustür erblickte, wurde er mit einem Mal sehr still. Er zahlte schweigend, und blieb sitzen. Als sie ihn fragte, ob alles in Ordnung sei, schluckte er, schloss für einen Moment die Augen und sagte dann:

„Ich würde dich jetzt wirklich unglaublich gerne fragen, ob du noch mit rein kommst. Aber ich glaube, dafür bin ich einfach noch nicht betrunken genug. Ich sollte jetzt gehen, aber ich will nicht."

Da Sela nicht wusste, was sie darauf sagen sollte, schwieg sie betreten. Als sie ihn ansah, bemerkte sie seine mühevolle Beherrschung, er hatte eine Hand auf den Türgriff gelegt und hielt dennoch in der Bewegung inne. Vielleicht weil sie einfach nicht anders konnte, legte sie ihm ihre rechte Hand an seine linke Wange, woraufhin er ihre Hand sofort in die seinen nahm und küsste. Ohne ein weiteres Wort verließ er das Taxi beinahe fluchtartig und verschwand in seinem Wohnbock. Zurück blieb eine verdutzte Sela, die weder ein noch aus wusste.

*<Niemals mehr allein>, der Titel eines

Liedes, das gerade lief, als ich seit Jahren endlich mal wieder betrunken war. Der Test dieses Liedes bezog sich auf die Einkehr zu Gleichgesinnten in die Unterwelt, da im Diesseits die Einsamkeit ein weit verbreitetes Phänomen war. Als Taxifahrer hat man ja bekanntlich die alles beschränkende 0,0 Promillegrenze. Bezüglich der Gefahr des Restalkohols zog ich es vor, abstinent zu bleiben. Bereits das zweite Glas Rotwein hinterließ deshalb ein deutliches Gefühl von Kontrollverlust. Sebastian war geschäftlich unterwegs und wollte Abends wieder kommen. Ich hatte eigentlich gar nicht vorgehabt, mich zu betrinken. Aber das allein sein in dieser Wohnung mit einem zweifach vergebenen Herzen war mir nüchtern schier unerträglich. Ich war hin und her gerissen, zwischen ihm und ihr, und zweifelte an allem und jedem, inklusive mir selbst. Erst dachte ich, sobald er wieder bei mir ist, kann ich wieder vergessen. Doch ich wusste bald, dass dem nicht so ist. Also ertränkte ich meinen Kummer. War es tatsächlich erst ein paar Tage her? Konnte ich so kalt sein?

Ich hatte bereits die ganze Flasche Rotwein geleert, konnte kaum noch stehen, oder klar denken. Ich schaltete mühsam mein Handy ein, und rief einen Kollegen an, um mich abzuholen. Ich ließ mich an den Ort fahren, an dem Naemi verschwunden war und schickte ihn weg. Als ich die Lichtung erreichte, brach ich weinend und schreiend zusammen. Ich schrie alles aus mir heraus. Ich weinte um sie und sehnte mich nach ihm. Wie lange ich dort blieb, weiß ich nicht mehr. Irgendwann, als es längst dunkel war, ließ die Wirkung des Alkohols nach, und ich schleppte mich in Richtung Straße. Als ich diese erreichte, versuchte ich am Straßenrand entlang zu gehen. Mehrmals stolperte ich, zuletzt wollte ich einfach nicht mehr aufstehen. Gerade in diesem Moment hielt ein Auto neben mir.

Der Fahrer stieg aus, rannte auf mich zu und rief meinen Namen. Es dauerte einige Zeit, bis ich erkannte wer es war. Es war Sebastian. Die Erleichterung, die ich spürte, als ich wieder in seinen Armen lag, war unbeschreiblich. Ich fühlte meinen Kopf klarer werden, Trost und Geborgenheit.

Die Tage darauf ließ er mich nicht mehr aus den Augen. Ich begab mich ganz in seine Obhut, in seine Wohnung, und sein Leben. Ich versuchte bei der Polizei Informationen über Naemi zu bekommen, doch niemand wollte mir Auskunft geben. Für mich war und blieb sie tot. Ich wusste irgendwie, dass es bei ihr anders war. Der nächste zwölfte würde keine Leiche auf einem Kreuz zu bieten haben. Meine Gefühle waren in diesen Tagen stumpf, taub, und mit der Zeit begann ich zu begreifen, dass sie wirklich fort war. Ich versuchte alles, um mich abzulenken. Immer wenn Sebastian nicht da war, fing ich an in seinen Büchern herum zu stöbern. Es waren viele sehr alte darunter, in Leder gebunden, manche sogar handschriftlich verfasst. Eines davon erregte meine besondere Aufmerksamkeit. Es war schwarz und trug weder Titel noch Verfasser. Doch auf der ersten Seite stand ein Satz auf Latein: < inter flores cerasi flos rosae >.

Seit zwei Monden habe ich nun das Schreiben verweigert. Doch heute ist etwas geschehen, dass eine Erwähnung wert ist. Durch meine Meditationen bin ich auf dem Wege der geistigen Reinigung. Ich erinnere jede Einzelheit meines bisherigen Lebens. Besonders den Moment, indem ich dich verlor. Doch während der Meditation heute, in der ich fragte, wo du zu finden bist, hatte ich eine Vision. Ich sah dich in einer Welt, in der ich nur fremdartiges erfühlte. Die mir unbekannt war, und doch hätte es die meine sein können. Sie glich in Struktur und allem Materiellem der meinen, aber die Menschen dort waren anders. In sich von gleicher Voraussetzung, glichen sie denen in meiner Welt zwar im Charakter und auch äußerlich sehr, nur waren ihre Erfahrungen und demnach ihre Handlungsweisen unterschiedlich. Sowohl ihre Motivation, etwas zu tun, als auch ihre Gefühle, dies alles war ihnen gemeinsam. Begebenheiten und Situationen aber unterschiedlich. Scheinbar ist es egal, von welcher Seite aus man etwas oder jemanden betrachtet, es gibt etwas, das immer gesehen werden kann. Von jedem. Im Vergleich verschiedener Betrachtungsweisen stellt sich jedoch heraus, dass wir die meiste Zeit mit einem Schleier vor dem Bewusstsein leben. Manchmal ist er so dick, dass nichts von außen durchdringen kann. Doch in seltenen Fällen, und das sah ich bei dir, ist es der Wille sich selbst zu vertrauen, der diesen Schleier lüftet. Unbewusst zwar, aber das ist wohl eher ein Zeichen deiner Natürlichkeit. Wissen definiert sich nicht ausschließlich in Erlerntem, sondern hauptsächlich in dem was wir als Wahrheit erkennen, ohne Hilfe anderer. Am Schwersten jedoch ist die eigene Wahrheit zu erfahren. Denn der Schleier verhindert die Selbstbetrachtung und zwingt zur Reflektion durch die Umwelt. Doch die Erkenntnisse auf diesem Wege führen oft zu üblen Verfälschungen, denn der Einzelne trübt durch sein Urteil was er von uns sieht durch seinen eigenen Schleier. Jede Meinung anderer über uns ist also getrübt durch dessen Erfahrungen und Wertemaß. Dies kann niemals der Weg sein, sich zu entwickeln.

Vielmehr ist es eine gute Möglichkeit, in parallele Welten zu reisen, um sich dort selbst zu beobachten und zu reflektieren.

Das Buch sagt, Je öfter das geschehe, desto näher käme

man an sich selbst heran. Und desto mehr wirke sich alles, was wir an uns verändern auch auf die anderen Daseinsformen in anderen Welten aus. Wir wirken miteinander, voneinander und die meisten Menschen leider gegeneinander. Deshalb leiden sie. Deshalb sind ihr Geist und ihr Körper uneins. Was der Geist nicht wahrhaben will, wird dem Körper verweigert. Meine körperliche Reinigung war also eine erzwungene Form der Rückkehr zu neuem Leben. Als würde man ein Haus abreißen, um den Keller auszuräumen. Oft ist dies der einzige Weg. Mein Körper war gezeichnet von einem Leben ohne Dich. Die Reinigung diente dazu, diese Spuren auszulöschen. Mein Geist wird jetzt gereinigt, damit diese Spuren für immer Vergangenheit bleiben. Mein Körper wird meinem Geist folgen, sobald dieser gefestigt ist. Im Glauben an eine gemeinsame Zukunft, im Erleben einer gemeinsamen Zukunft, und in der Fülle all dessen, was ich bei deinem Anblick bin.

Hier unten, in der immerwährenden Stille und Dunkelheit, schärfen sich meine Sinne. Die des Körpers und des Geistes. Ich höre, sehe, rieche und schmecke weit besser als früher. Auch mein Tastsinn verbessert sich, genauso wie meine Gefühle. Sie kristallisieren sich heraus. Ich fühle, was mir wirklich wichtig ist, und das bist Du. Ich weiß nun, dass ich töten kann. Für dich. Ich kann alles tun, was nötig ist, um Dich wiederzusehen. Es gibt etwas Neues in meinem Leben. Es war schon immer da, nur blieb es stets im Verborgenen. Ich war genauso versteckt hinter meinem Schleier, wie alle anderen. Es ist die Erkenntnis dessen, dass ich alles tun kann, was ich will, wenn ich es will. Es geht darum, etwas zu tun, weil man genau dafür lebt. Grenzen, wie das Töten Angehöriger der eigenen Rasse, gehören zum Leben, zu gesellschaftlichem Miteinander. Und es ist das Leben selbst, das ich will. Ich will Dich. Und nur dafür töte ich.

Ich bin dabei, meinen Weg zu finden. Das Buch sagt, es ist ein weiter Weg bis dahin. Es zeigt ein Leben auf, bis hin zu der Erfüllung tiefster Sehnsüchte. Danach, so heißt es, ist es einem selbst überlassen, wie es weitergeht. Verfällt man zurück in alte Lebensweisen, verliert man alles. Bleibt man dem neuen Ich treu, so bedeutet das, es gibt kein Zurück mehr. Kein Zurück in die Gesellschaft, bis man stark genug ist, sich für den Rest des verbleibenden Lebens treu zu sein, und einer erneuten Verformung zu widerstehen. Hier, in dieser heilsamen Stille, höre ich mein Herz schlagen. Mir wird mehr und mehr bewusst, was Stille bedeutet. Sie ist niemals absolut, denn das würde bedeuten, alles, selbst das Universum, wäre ausgelöscht. Stille bedeutet, Rückzug in sich selbst, Innenschau und Selbstreflektion. Die Stille im Außen ist dafür anfangs unerlässlich, jedoch werde ich eines schönen Tages in der Lage sein, diese Stille, wann immer ich sie brauche, hervorzurufen. In mir selbst. Meine Visionen zeigen mir wundervolle Bilder meiner Zukunft. Aber diese eine Vision, die, in der ich dich in einer anderen Welt erblickte, war so wunderschön, dass sie mein Ziel bestätigt, wann immer ich daran denke.

Ich liebe Dich.

„Ja, gleich hab ich es. Also pass auf. Die Blüte einer Rose, inmitten der Blüten eines Kirschbaumes. Laut Kapitel neun ist dies die Bezeichnung desjenigen, der die Selbstbetrachtung vornimmt. Man ist also quasi die Rose, während die anderen Daseinsformen als Kirschbaumblüten angesehen werden. Sehr poetisch, findest du nicht?"

Beltheim schmunzelte, ob Selas Begeisterung über dieses Buch. Doch er konnte sich nicht wirklich einen Reim darauf machen. Sela bemühte sich, ihm die Sache näher zu bringen:

„Es geht hier um Selbsreflektion, Selbstbetrachtung in Form von Astralreisen in parallele Welten. Man schwebt dabei in einer Welt wie der unsrigen und kann sich selbst in verschiedenen Situationen beobachten. Sehr lehrreich, wie ich finde. Hier geht es um die Erfahrung, sich selbst besser kennen zu lernen. Um nichts sonst."

„In dem Fall hat sich aber jemand ganz schön viel Mühe gegeben, dieses Selbsterkennungsritual zu verfälschen. Aus einem Buch macht er sieben, dichtet eine Menge dazu, und verlangt sogar, dass man mehrere Menschen umbringt. Lass uns doch mal die einzelnen Schritte vergleichen. Wenn ich das richtig durchblicke, sind aus etwa einem Kapitel von deinem gute vier bis fünf bei den anderen geworden. Bei deinem fängt alles mit dem Ablegen einer Beichte in schriftlicher Form, für die man ein paar Tage brauchen soll."

„Sieben Tage. Man soll meditieren und in aller Ehrlichkeit vor sich selbst alles nieder schreiben, was man sich beichten möchte. Niemand sonst wird es lesen, und eine Priesterin wird das Ganze dann irgendwie segnen und verbrennen. Oh, Verzeihung, den Geistern der Flammen übergeben. Danach soll man dann die Reinigung durch die Beichte nutzen, um im Hier und Jetzt alles in Ordnung zu bringen. Ende Kapitel eins."

„Da haben wir es hier schon deutlich komplizierter. Hier geht es nirgendwo ums Beichten, sondern um seitenweise Warnungen, was einem alles passieren kann, wenn man sich nicht genauestens an die Vorgaben hält. Wann wollte dein Freund kommen?"

„Der müsste eigentlich jeden Moment auftauchen."

„Und warum arbeitest du jetzt heute Nacht nicht?

Immerhin ist Freitag."

„Weil ich jetzt, beziehungsweise ab nächstem Monat, einen neuen Job habe, bei dem ich doppelt so viel verdiene. Und die letzten zwei Nächte für heute mitverdient habe. Deshalb."

„Scheint sich ja gut zu machen, deine neue, alte Bekanntschaft."

Sela bestätigte Beltheims Worte mit einem anerkennenden Nicken, ihr Blick jedoch war ernst. Seit sie wieder hier war, hatte sie nicht viel erzählt. Nicht über ihr Gespräch mit Lavinia, oder was sonst noch geschehen war. Viel eher gab sie Beltheim zu verstehen, dass sie noch nicht bereit war, über <ungebackene Fische> zu reden. Als er gerade in der Analyse der Bücher fortfahren wollte, klingelte es. Sela sprang auf und lief zur Tür, was Beltheim zu einem breiten Grinsen veranlasste. Als die beiden ins Wohnzimmer kamen, meinte er:

„Herr Koch! Was macht das Drogengeschäft?"

Als Antwort zog Sebastian nur kurz die rechte Schulter hoch und schwieg. Dafür sagte Sela:

„Nicht doch, Hase. Ein einfaches <Hallo> hätte völlig gereicht."

Sebastian lachte laut auf:

„Du nennst ihn <Hase>? Wieso das denn?"

„Weil mir das Wort <Osterhase> zu lang ist."

Sie setzten sich, Beltheim lehnte sich zurück und machte ein eher betrübtes Gesicht. Die Situation war schwer zu begreifen, schließlich hatte Beltheim selbst Sebastian verhört, als er noch des Mordes verdächtigt worden war. Seine vielen Affären und Beziehungsversuche machten ihn für Beltheim nicht gerade sympathisch. Er würde sich sehr anstrengen müssen, um diesen Abend durchzustehen. Sela blickte wie ein Zuschauer bei einem Tennisturnier zwischen den beiden hin und her. Endlich meinte sie dann trocken:

„Seid ihr bald fertig mit gegenseitigem Anstarren?"
Und als sie keine Antwort bekam, fing sie an über die Bücher zu reden:
„Wir waren gerade dabei, die einzelnen Vermerke über die einzelnen Kapitel zu vergleichen. Wir dachten, auf diese Weise wäre das alles besser zu verstehen. Was meinst du?"
Sebastian wandte seinen Blick von Beltheim ab und sah sie an. Er schien zu überlegen, sagte dann:
„Es ist eigentlich ganz einfach. Die ursprüngliche Fassung ist ein Werk, mit dem die Ausbildung zur Priesterschaft absolviert wird. Es ist das letzte und schwierigste Kapitel dieser Ausbildung. Und die dauert immerhin acht Jahre. Was daraus gemacht wurde, ist eine Anleitung zum Töten. Entweder sich selbst, oder einige andere. Dieser Domak war ein psychisch völlig labiler Irrer, der sich psychologischer Tricks bediente, mit denen er sich seine Anhänger hörig machte. Gehirnwäsche und so weiter. Er selbst hatte große Angst davor zu töten. Deshalb brauchte er andere, die das für ihn taten. Er glaubte daran, dass jeder Mörder vom Geist des Getöteten für immer verfolgt werden würde. Aber er war immer bereit dazu, andere für sich leiden zu lassen. Er vergewaltigte über Jahre hinweg hunderte Frauen, manche davon noch Kinder. Auch Männer waren vor ihm nicht sicher. Er und sein Camp lebten vom Verkauf der von ihm gezeugten Kinder. Die Babys wurden hauptsächlich an reiche Leute aus der obersten Schicht verkauft. Die Mittelsmänner wurden nie namentlich erwähnt, und wurden deshalb auch nie gefunden. Domak betrachtete jedes Menschenopfer als Gabe an den Herrn der Finsternis. So wollte er sich mit ihm auf eine Stufe stellen. Davon träumte er, so zu sein wie Satan selbst. Er dachte, wenn er wäre wie er, könnte er hemmungslos töten, und hätte dann nichts mehr zu befürchten. Deshalb hat er dieses Buch als Vorlage

genommen. Alles Wesentliche zur Durchführung von Altralreisen ist noch enthalten. Den Rest hat er dazu gedichtet."

Sela und Beltheim sahen sich einen Augenblick lang an und kurz darauf fragte Beltheim:

„Woher weißt du das alles? Woher hast du dieses Material, und wer zum Teufel bist du überhaupt?"

Während Sebastian und Sela sich ansahen wie zwei Verschworene, was Beltheim nicht verstand, begann Sela zu erklären:

„Du stellst die gleichen Fragen wie ich. Aber die Antwort darauf wird er dir aus Sicherheitsgründen wohl genauso schuldig bleiben wie mir. Mach dir nichts draus."

„Du hast vergessen <Hase> zu mir zu sagen."

„Sorry, mach dir nichts draus, Hase."

Sebastian lachte als erster, dann Sela, und Beltheim verlor endlich seinen Kloß im Hals, und lachte mit. Die Stimmung war weitaus lockerer, was eine gute Voraussetzung dafür war, die wichtigsten Details aus den Büchern für den Fall herauszuarbeiten. Doch nach einer guten Stunde klingelte Beltheims Telefon. Es war Albrechtson, der ihm mitteilte, dass das Taucherteam endlich die gut vierzig Zentimeter dicke Schlammschicht über dieser markanten, runden Stelle im See beseitigt hatte. Die Vorbereitung zur Öffnung des darunter befindlichen Verschlusses sollte nun erfolgen. Beltheim sagte sofort zu, sich auf den Weg zu machen. Als er auflegte, sah er die beiden an und meinte:

„Ich muss weg. Weiß nicht wie lange. Ein paar Stunden vielleicht. Ihr könnt ja ohne mich weiter machen, oder so."

Dann verschwand er in der Garderobe und kurz darauf auch aus dem Haus.

Die Stimmung wechselte abermals. Diesmal von heiter

zu verlegen. Um darüber hinweg zu kommen, stellte Sela eine Frage:

„Was weißt du über diese Parallelwelten?"

Sebastian lächelte, und überlegte ein Weilchen, bevor er leise seine Antwort formulierte:

„Nur, dass in einer anderen Welt du und ich schon zusammen sind."

Der Schuss war nach hinten losgegangen, denn das hatte sie eigentlich nicht hören wollen. Obwohl ihr Herz schneller schlug, weigerte sie sich darauf einzugehen. Stattdessen verfiel sie in Schweigen. Und diesmal war er es, der die Stille unterbrach:

„Hast du mittlerweile mit Lavinia gesprochen?"

„Ja, hab ich. Ich will sie zur Zeit nicht um mich haben. Zum einen, weil meine Gefühle für sie gerade wie weggeblasen sind, zum anderen, weil ich dieses ständige Geheul nicht ertragen kann."

„Mir ging es ebenso. Je mehr sie weinte, desto mehr wollte ich von ihr weg."

Nach einem kurzen Moment des Schweigens sprach er weiter:

„Ich kann nicht gerade behaupten, es täte mir leid. Eher das Gegenteil ist der Fall. Ich hoffe, du findest das nicht … ."

Weiter kam er nicht, denn Sela fiel ihm ins Wort:

„Kennst du die zehn Regeln des wahren Lebens?"

„Nein."

„Nummer eins, tue, was du am meisten fürchtest."

„Und das wäre?"

„Na Regel Nummer zwei. Höre nur auf dein Herz."

„Ich verstehe nicht ganz, was du meinst."

Als Antwort küsste sie ihn, zögerlich zuerst, doch als er ihren Kuss voller Verlangen erwiderte, gab sie sich Regel Nummer zwei bedingungslos hin.

*Ich litt ein wenig zu sehr an Appetitmangel. Hatte ein paar Kilo abgenommen und fühlte mich nur noch wohl, wenn Sebastian in meiner Nähe war. Seine Geduld mit mir war schier unendlich. Aber er gab mir deutlich zu verstehen, dass er sich Sorgen um mich machte. Er sprach sogar von einem Psychologen, was ich aus vollster Überzeugung, nur mehr Zeit zu brauchen, ablehnte. Die Unterhaltungen mit ihm gaben mir weitaus mehr, als es jeder andere Mensch es vermocht hätte. Was mich jedoch immer wieder völlig runterzog, war die Tatsache, dass Naemi einfach verschwunden blieb. Wann immer er beobachtete, dass ich an sie dachte, nahm er mich zärtlich in die Arme und hielt mich einfach fest.

Einige Tage vergingen ohne besondere Vorkommnisse. Wir redeten viel, entdeckten eine tiefe Verbindung zueinander, und vor allem, wie ähnlich wir uns waren. Auch über dieses eine Buch unterhielten wir uns ausführlich. Er hatte es niemals ausprobiert. Ich war zwar fasziniert von dem Geschriebenen, aber ein Interesse an dem Reisen in eine andere Welt hatte ich nicht. Ich hatte Angst davor, Dinge zu sehen, die ich nicht sehen wollte. Im Moment war er das einzige, das ich sehen wollte. Und dann war da noch Naemi, deren Gesicht immer wieder vor meinem geistigen Auge auftauchte. Ihre Leiche wollte ich nicht sehen. Und, wenn ich heute so darüber nachdenke, wollte ich sie gar nicht wieder sehen. Ich fürchtete den Tumult meiner Gefühle, und wollte mich nicht zwischen den beiden entscheiden müssen. Damals wäre ich zu ihr zurückgekehrt. Und hätte ihm das Herz gebrochen. Manchmal ist es wahrhaftig besser, ein Unglück anzunehmen. Wie ein chinesisches Sprichwort sagt, <Wenn dir ein Unglück geschieht, nimm es an und sei dankbar. Denn siehst du nach Jahren darauf zurück, wird es ein Segen sein.>, so versuchte ich die Welt um mich herum in genau dieses Licht zu tauchen. Heute weiß ich, dass es ein Segen war, Sebastian an meiner Seite zu haben. In meiner Beziehung zu Naemi gab es nichts, was ich bereute, im Gegenteil. Es war durchweg die schönste Zeit meines Lebens. Meine Beziehung zu ihm baute sich auf meiner Trauer um Naemi auf. Sie ist deshalb nicht weniger schön, nur war ich diesmal die <Gerettete>, was mich oftmals befürchten ließ, aus Dankbarkeit zu lieben. Jeder Zweifel hinterlässt Spuren, wenn man es zulässt. Ich brauchte einige Monate, um zu begreifen, dass meine Gefühle für ihn echt sind. In Anbetracht der damaligen Umstände ist das nicht weiter verwunderlich.

Als wir am Sonntag, dem 22. Juli, in meine Wohnung fuhren, empfand ich es wie eine Reise in meine Vergangenheit. Alles, wirklich alles war völlig energielos, als hätte selbst die Kleidung keinerlei Bedeutung mehr. Ein seltsames Gefühl. Aus dem Wunsch heraus, dies alles nicht mehr sehen zu müssen, und damit abzuschließen, besorgte ich große Müllsäcke und Umzugskartons, und räumte zunächst alles, was Naemi gehört hatte, weg. Sebastian schlug mir vor, bei ihm einzuziehen, und ich nahm das Angebot erleichtert an. Um die dreimonatige Kündigungsfrist auszunutzen, inserierte ich eine Wohnungsauflösung, und verkaufte das meiste an Möbeln und Dingen, die wir durch seinen Haushalt doppelt hatten. Naemis Besitztümer brachten wir zu ihrer Familie, die sie nur widerwillig annahm. Ich sagte ihnen, sie könnten von mir aus alles wegwerfen, doch so wäre es der richtige Weg. Die Eltern hatten sich schließlich um alles zu kümmern. Ohne Sebastians Rückhalt hätte ich das damals nicht geschafft. Wann immer ich mich innerlich dagegen sträubte, weiter zu machen, war er die treibende Kraft, auf die ich mich stützte.

Ich weiß noch, wie ich ihm immer wieder für alles

dankte, auf die ein oder andere Weise. Er genoss es sichtlich, für mich da zu sein und meine ungeteilte Aufmerksamkeit zu haben. Die erste Woche meines Urlaubes war, wie die zweite, der Abschluss eines alten, und der Beginn eines neuen Lebens. Viele Menschen aus meinem Umfeld hielten mich für eine, vorsichtig ausgedrückt, egoistische Person, die völlig gefühlskalt sei. Da Naemi nur vermisst wurde, hätte ich zu warten und zu hoffen, und nicht gleich ins <nächste Bett zu hüpfen>. Ich betrachtete diese Leute mit Abscheu und Verständnis gleichermaßen. Sie hatten ja keinen Einblick in meinen Alltag, aber waren vorschnell mit einem Urteil zur Stelle. Es sollte noch zwei Wochen bis zum nächsten zwölften dauern, von dem Tag an gerechnet, an dem ich Sebastian zum ersten Mal sagte, dass ich ihn liebe. Es war an einem Samstag, den achtundzwanzigsten, den wir bei einem Glas Rotwein in unserer nun gemeinsamen Wohnung ausklingen ließen. Auch so ein Moment, indem ich die Zeit gerne angehalten hätte. An diesem Abend schaffte ich es irgendwie, von allen Schuldgefühlen frei zu sein. Wie früher bei Naemi genoss ich jeden Blick von ihm, jede Berührung, jeden Kuss. Ich hatte keinerlei Gefühl für Zeit oder Raum, alles was ich wahrnahm befand sich auf einer Ebene, auf der nur wir beide existierten.

Ich habe Montage schon immer verabscheut. Doch den Montag nach diesem so wundervollen Abend finde ich noch heute einfach nur zum Kotzen. Wie ich bereits fragte, warum kann man Zeit nicht anhalten?

Es ist wundervoll! Ich habe meinen Körper bereits mehrere Male verlassen und Einblicke in die

Welt außerhalb meines Versteckes genommen. Meine Konzentrationsfähigkeit ist bald perfekt. Meine körperliche Konstitution zu meiner vollsten Zufriedenheit erneuert, und das nächste Kapitel der Vorbereitung in greifbarer Nähe. Meine Freude auf unser Wiedersehen wächst von Tag zu Tag. Durch meine neue Fähigkeit, mich ohne Körper fortzubewegen, werde ich die Opfer auswählen, die ich für dich bringen werde. Eines habe ich bereits erspäht. Eine junge Frau, nicht ganz so hübsch wie du, aber dir doch ähnlich. Ein billiger Ersatz, aber das ist egal. Als Opfer für dich ist sie gerade gut genug. Sie hat einen Freund, es ist derjenige, der mir das Heroin verkauft hat. Doch ich denke, bis ich sie hole, hat er wieder eine andere. In meiner Vision sah ich ihn an deiner Seite. Doch das wird niemals geschehen. Das werde ich verhindern. Du gehörst zu mir. Er wird dir nur weh tun, dich verletzen. Ich hoffe die Zeit arbeitet für mich, für uns. Ich hoffe, dich vor ihm in Sicherheit bringen zu können. Und ich hoffe, unser Versteck wird dir genau den richtigen Abstand geben, den du brauchst. Ich habe dafür ein Land gewählt, in dem man spurlos verschwinden kann. In den Weiten Kanadas werden wir untertauchen, für alle Zeit.

Mein nächster Schritt, den ich gehen muss, ist zu lernen, die richtige Zeit zu finden. Das soll, so sagt das Buch, der häufigste Fehler sein. Doch ich hole dich in jedem Fall, auch wenn der Zeitpunkt falsch ist. Die Warnungen besagen, es wäre fatal, jemanden zum falschen Zeitpunkt aus seinem Leben zu reißen. Doch nur ein paar Augenblicke mir dir, rechtfertigen alles. Mein Ziel ist es natürlich, den Rest meines Lebens mit dir zu verbringen. Dafür werde ich wohl am intensivsten trainieren.

Die parallelen Welten haben alle eines gemeinsam, alles was in der einen geschieht, wirkt sich auf allen

Ebenen aus. Meist auf unterschiedlichen Wegen, doch das Ergebnis ist gleich. Ausnahmen sind, wie in den Warnungen prophezeit, die Geister der zukünftigen Menschen, deren körperliche Hülle noch im Entstehen ist. Diese Geister schützen die Frauen, in denen ihr Körper heranwächst. Doch nur bis zu ihrer Geburt. Aber darüber mache ich mir keine Gedanken.

Eine wichtige Entdeckung ist noch, dass in dem Buch eine Seite fehlt. Es müsste die letzte Seite der Warnungen sein. Es fiel mir auf, als ich die Nummerierungen der Seiten eher zufällig betrachtete. Es gibt keinerlei Spuren einer herausgerissenen Seite. Vielleicht auch nur ein Fehler bei der Nummerierung. In diesem Fall wäre meine Entdeckung bedeutungslos.

Ich lasse gerne mein erstes Jahr in Gedanken Revue passieren, denn es macht mich glücklich, zu erinnern, was ich alles erreicht habe. Es gibt noch viel zu tun. Bald werde ich wieder schreiben. Es werden bis dahin viele Monde vergehen. Und die Zeit bis dahin wird vorüberziehen wie im Flug. Ich spüre einen starken inneren Zwang voraus zu arbeiten. Das Buch sagt, es sei ein Zeichen mangelnder Geduld und fehlender, innerer Ruhe, wenn dies geschieht. Die drei Jahre, die noch vor mir liegen, wirken demotivierend auf mich. Doch diese Phase gilt es zu überwinden. Es sei natürlich, hin und wieder in menschliche Verhaltensweisen zurück zu verfallen. Aber durch meine Reinigung bin ich in der Lage, dies immer wiederkehrende Phänomen zu besiegen. Für immer.

Als Beltheim gegen Mitternacht nach Hause kam, saßen Sela und Sebastian unter einer Decke eng aneinander gekuschelt auf der Couch und studierten eines der Bücher von Domak. Sie schienen tatsächlich weiter gemacht zu haben. Beltheim grüßte sie und rief aus der Garderobe:

„Ich hatte schon überlegt, ob ich besser klingeln soll."

So leise, das Beltheim es nicht hören konnte, sagte Sebastian zu ihr:

„Bis vor zwei Stunden wäre das in der Tat eine gute Idee gewesen."

Sela räusperte sich, sagte aber nichts dazu. Jedoch verrieten ihre Gesichter so ziemlich alles.Was Beltheim äußerlich doch sehr gelassen hinnahm. Als die beiden ihn erwartungsvoll ansahen, meinte er:

„Wir wissen noch nichts. Außer das es sich um einen Eingang handeln muss. Ein unter Wasser gelegener Eingang, zu etwas wie einem Bunker. Allerdings ist an dieser Stelle nichts dergleichen bekannt."

Sebastian meldete sich zu Wort:

„Ja, das ist nicht ganz richtig. Er ist einigen wenigen bekannt. Es gibt auch einen zweiten Eingang, an einer Stelle, an der vier Eichen direkt nebeneinander stehen. Wenn man tief genug graben würde, ich schätze vier bis fünf Meter, würde man auf einen Tunnel stoßen. Der Eingang wurde um 1965 dicht gemacht, warum weiß ich nicht. Ich weiß auch nicht was sich darin befindet. Und um ehrlich zu sein, nach unseren Vermutungen will ich das auch gar nicht."

„Woher weißt du das? Du machst dich verdächtig, ist dir das eigentlich bewusst?"

„Durchaus. Aber kannst du beweisen, was ich weiß?"

Sela ging dazwischen:

„Hey, das ist nicht der richtige Ton, finde ich. Wir wollen doch alle dasselbe. Nämlich herausfinden, wie diese Mädels ums Leben gekommen sind. Falls sich wirklich jemand diese Bücher zum Vorbild genommen hat, dieses Ritual durchzuführen, und danach sieht es ja wohl aus, ist jede Information wertvoll. Egal woher sie

stammt. Oder etwa nicht?"
Beltheim nickte, setzte aber weiterhin ein finsteres Gesicht auf. Etwas versöhnlicher fragte er allerdings: „Wollt ihr noch hierbleiben? Ich gehe nämlich jetzt schlafen, weil wir morgen irgendwie diesen Tunnel öffnen wollen."
„Ich denke, wir machen das hier fertig, schreiben deinem Hasen alles auf, und gehen dann zu mir. Was hältst du davon?"
„Ja, klingt nach ,nem Plan."
Beltheim ging kopfschüttelnd in Richtung Badezimmer. Allerdings fasste er dabei den Vorsatz, sich mit Sebastian einmal eingehender, und ohne Sela, zu unterhalten.

Als Beltheim am nächsten Morgen die Sammlung an Notizen vorfand, war er mehr als verblüfft über das Ergebnis. Was dort zu lesen war, brachte ihn erst dazu, ungläubig zu lachen. Doch bei näherer Betrachtung stellte er fest, dass die Ermittlungen in der Tat genau so verliefen, als wäre das Ergebnis der beiden schlichte Realität. Doch wie sollte er einen Mörder fassen, der nicht in dieser Welt lebte?
Bei einer Tasse Kaffee las er alle Zusammenfassungen der Kapitel, Querverweise, und schriftlich festgehaltene Überlegungen noch einmal in Ruhe durch. Er brauchte über eine Stunde dazu, und wäre beinahe zu spät zur Besprechung seiner Einheit gekommen.

*Sagte ich schon, wie sehr ich Montage hasse? Diesen einen Montag ganz besonders, denn ich erwachte mit dem Gedanken, den ich bislang erfolgreich verdrängt hatte. Dieser lateinische Satz kam mir bekannt vor. Ich kramte in den Traumbüchern meiner Liebsten, ich meine, von Naemi, und fand die Stelle, die ich suchte. Da stand er. In voller Länge, eins zu eins, wie in diesem Buch. Das suchte ich als nächstes. Ich verglich beide Aufzeichnungen, und fand meine Erinnerungen bestätigt. Völlig aufgekratzt weckte ich Sebastian, der meine Aufregung zunächst nicht verstand. Als ich ihm erklärte, worum es ging, war auch er schlagartig hellwach. Er nahm Naemis Traumbuch und las ihre Beschreibung dieses grässlichen Traumes. Inter flores cerasi flos rosae. Woher hatte sie das? Ich wusste es nicht. War sie hellsichtig gewesen? Ich wusste es nicht. Er las laut den Teil vor, in dem sie von sich als Blut weinende Ertrinkende geträumt hatte, und zog ein paar andere Bücher aus einem seiner Regale. Er brauchte lange, um die richtige Stelle zu finden. Doch dann las er vor:

„Der erste Versuch, eine lebende Person aus einer anderen Welt zu holen, sollte eine Versuchsperson sein. Vorzugsweise jemand, der einem glücklichen Wiedersehen im Wege stehen könnte. Ist die Wahl getroffen, wird verfahren wie bereits geprobt. Ist es geschafft, und die Person in der gewünschten Welt, siehe in den Spiegel. Weinst du Tränen aus Blut, wird die Überführung der gewünschten Person nicht gelingen. Diese Person wird überwacht von einem oder mehrerer Geister, und ist somit unerreichbar."

Ich nahm ihm das Buch aus den Händen und las es selbst. Ich weigerte mich zu glauben, und zu verstehen, was ich da las. Ich sah Sebastian an, als könne er mir das alles wie eine mathematische Formel logisch erklären. Er dachte lange nach, dann begann er mir ein paar Dinge zu erzählen.

Er gehörte einer Gruppe an, die sich mit paranormalen Phänomenen beschäftigte. Diese Organisation existierte weltweit. Diese Bücher waren zwar nur Kopien, doch die Originale waren im Besitz dieser Organisation, um

Missbrauch zu verhindern. Nur sehr wenige Kopien waren erstellt worden, die Digitalisierung hatte sie beinahe unnötig gemacht. Doch vier Kopien von diesen Schriften waren über die ganze Welt verteilt, eine davon bei Sebastian. Er kannte sich mit diesen Büchern bestens aus, und hatte die meisten Fälle, in denen sie zur Anwendung gekommen waren, oder hätten kommen sollen, soweit als möglich recherchiert, verglichen und bearbeitet. In zwei Fällen waren sie von Erfolg gekrönt. Einmal in England, als ein Michael Domak seine verstorbene Mutter zurück holte, und einmal in Deutschland. Zur selben Zeit, 1965, an genau dem See in Berlin, in welchem die vier Frauenleichen gefunden worden waren. Jedoch war dieser Fall niemals entdeckt worden. Das dafür angelegte unterirdische Versteck war offiziell nicht existent. Jedoch waren dort wohl vier Leichen entsorgt worden. Ich unterbrach ihn in seiner Erzählung, und fragte ihn, wer zum Teufel er eigentlich sei. Er sah betreten auf seine Hände und schwieg. Ihn so zu sehen, tat mir weh. Ich überwand meine Verstörtheit, strich ihm eine Strähne seines langen Haares aus dem Gesicht, und küsste ihn. Mir wurde bewusst, dass er sich mir anvertraute, was wohl eher etwas Besonderes bedeutete. Und er war verletzlich, zumindest wenn es um mich ging. Diese Seite hatte ich an ihm bei anderen Frauen nie bemerkt. Aus reinem Interesse heraus fragte ich ihn danach. Diesmal war er überrascht, gab mir aber zur Antwort, ich sei eben die erste, die er wirklich liebt. Die Tatsache, dass er mich nicht gefährden wollte, indem er mir zuviel anvertraute, konnte ich hinnehmen. Aber sollte es um Naemis Verschwinden gehen, wollte ich alles wissen. Ich bat ihn eindringlich um mehr Informationen. Er suchte die Stellen in den Büchern heraus, die Hinweise liefern konnten, und ich las. Mein Gefühl war richtig gewesen. Dieser eine Satz hatte etwas ins Rollen gebracht. Und nun las ich davon, dass

Naemi, sollte sie eine solche Versuchsperson sein, wohl nur noch körperlich zurückkehren würde. Unversehrt zwar, aber tot.

Für Sebastian gab es jedoch nur eine wichtige Frage. Er sah mich sehr ernst an, und sagte mir, er befürchte, das jemand aus Naemis nahem Umfeld die Person sein könnte, die eigentlich geholt werden soll. Seinem Blick zufolge dachte er dabei an mich.

Mein Körper reagiert auf die tägliche Selbstgeißelung mittlerweile mit Gleichgültigkeit. Ein wichtiger Schritt, denn ich muss Schmerzen ertragen können, wenn ich mich so weit von meinem Körper entfernen will. Ich habe noch ein halbes Jahr vor mir, bevor ich eine sechsmonatige Übungsphase für das Töten beginne. Und dann endlich schreite ich zur Tat. Es ist viel Zeit vergangen. Ich habe mich sehr verändert. Meine biologische Hülle ist perfektioniert, mein Geist die alles erstrebende Macht in meinem Dasein. Bald werde ich jagen gehen, um mich an das Töten zu gewöhnen. Drei meiner Tiefkühltruhen sind jetzt leer, es ist also reichlich Platz, für die Schwarten mit Haut, um das Einschneiden der Symbole zu üben. Ich trainiere das Jagen durch Bogen schießen, Jogging auf dem Laufband, und den täglichen Übungen zur Leibesertüchtigung. Ich schaffe in einem Zug fünfzig Liegestütze ohne Ermüdung. Klimmzüge die Hälfte, ich trage dabei sogar Gewichte an den Unterschenkeln. Um gegen Schwindel resistent zu werden, soll ich mich zweimal täglich so oft es geht um die eigene Achse drehen. Ich lache viel dabei, denn ich komme mir vor wie im Ballett. Es entwickelt sich alles streng nach den Angaben des Buches, so als wäre nicht nur mein Geist, sondern auch mein Körper erfüllt von der Sehnsucht nach dir. Ich quäle mich seit nun mehr drei Jahren mit der Vorbereitung auf unser Wiedersehen. Das Jahr davor war investiert, um alles zu besorgen, was ich dafür brauche. Geprägt von Heimlichkeit, Lügen und Betrug. Jetzt, da ich seit drei Jahren verschwunden bin, lächle ich bei dem Gedanken über all die Spekulationen der Zurückgebliebenen. Sie halten mich bestimmt für tot. Und das ist auch gut so. Ich bin genauso tot für sie, wie sie für mich. Das ist es, was es bedeutet, mit allem im Reinen zu sein. Ein allumfassender Abstand zu allem Alten. Mein damaliges Leben für immer ausgelöscht. Das Buch hatte absolut recht, es ist besser diesen Weg völlig allein zu gehen. Ohne die geringste Verbindung nach draußen. Nur so kann man die Vergangenheit wirklich auslöschen. Ich sehe nur noch unsere gemeinsame Zukunft.

Ich stehe morgens um sieben auf, dusche kalt und beginne mit einer langen Meditation. Um elf gehe ich auf das Laufband für eine Stunde, danach wird kalt geduscht. Im Anschluss daran härte ich mich gegen Schmerzen ab. Um dreizehn Uhr wird gegessen, dann geruht für eine halbe Stunde. Um vierzehn Uhr erfolgen die Übungen zum astralen Reisen. Sechzehn Uhr absolviere ich die Leibesertüchtigung bis achtzehn Uhr. Erneut kaltes Duschen, dann abschließende Meditation. Da ich um zweiundzwanzig Uhr zu Bett gehe, bleiben mir noch wenigstens drei Stunden um die Übungen der Zielsetzung und das auswendig lernen der Schriften zu erledigen. Die erste Woche dieses folgenden halben Jahres mit diesem Tagesablauf war durchweg erfolgreich. Abends, wenn noch Zeit übrig ist, gehe ich Schritt für Schritt das letzte Jahr durch. Planung für jede einzelne Minute. Am zwölften September werde ich dich in meine Arme schließen. Für immer. Endlich.

Sela und Sebastian erwachten gleichzeitig. Er war sehr glücklich bei ihrem Anblick. Auch als er merkte, dass sie grübelte. Er fragte sie:

„Du denkst an Lavinia, habe ich recht?"

„Ja, hast du. Ich werde vor meiner letzten Schicht noch zu ihr fahren. Ich muss mal an meinen Kleiderschrank, und außerdem ist das letzte Gespräch nicht so toll verlaufen."

„Willst du es mir nicht erzählen?"

„Da gibt es leider nicht viel, was ich dir erzählen könnte. Als ich zur Tür hereinkam, fiel sie mir um den Hals und weinte. Dann fing sie an mir Unmengen Unschuldsbekundungen vorzujammern, und als ich sie bat, doch endlich mit dem Weinen aufzuhören, sperrte sie sich heulend in der Küche ein. Das war alles."

„Kommt mir bekannt vor. Offensichtlich hat sie sich nicht verändert. Was willst du jetzt machen, ich meine, wie... ."

Diesen Satz beendete er nicht. Er atmete tief durch, drehte sich auf den Rücken und starrte zur Zimmerdecke hinauf. Sela wusste es selbst nicht, ihre Antwort war dementsprechend:

„Ich habe keine Ahnung. Ich brauche Zeit, um herauszufinden, was ich für wen fühle. Im Moment bin ich mir nicht sicher, ob ich mit Lavinia noch eine Beziehung führen kann. Ich weiß nicht einmal mehr, wer sie ist."

Er gestattete sich zu hoffen, sah sie an und sagte leise:

„Ich warte. Lass dir Zeit. Und verbringe ein wenig davon mir mir, bitte."

„Unbedingt."

Daraufhin küsste sie ihn, lange und ausgiebig. Es fiel ihr sehr schwer, sich von ihm loszueisen. Unwillig zog sie sich an und vermied es dabei bewusst, ihn anzusehen. Er saß, angelehnt an die Wand, noch auf dem Bett, und überlegte, wie er es anstellen könnte, dass sie bei ihm blieb. Schließlich sagte er:

„Du solltest heute Nacht nicht fahren. Nicht wegen Geld, das ist kein Problem. Und ich habe ein verdammt schlechtes Gefühl. Samstag ist die halbe Stadt betrunken, und außerdem, ich will einfach nicht, dass du gehst."

Sela lächelte, drehte sich bereits fertig angezogen zu ihm um, und erwiderte:

„Ich kann nicht. Ich brauche die Arbeit jetzt. Ich kann am besten nachdenken, wenn ich fahre. Und ich will ein Gespräch mit Lavinia. Zumindest möchte ich versuchen mit ihr zu reden. Und ich glaube, dass ich danach erst recht nachdenken muss. Und ich werde morgen gegen sechs aufhören."

„Wenn du unbedingt willst, okay. Hör mal, falls du morgen früh keine Lust haben solltest, nach Hause zu fahren, dann weißt du hoffentlich, wen du aus den Federn klingelst."

„Oh, da muss ich aber mein Hirn anstrengen. Meine tote Großmutter vielleicht, oder den Sensenmann persönlich."

Sela stand bereits mit der Hand an der Türklinke der Wohnungstür, als Sebastian sie aufhielt:

„Warte noch, hier, nimm das heute Nacht mit. Als Talisman. Kann ja nicht schaden."

Damit drückte er ihr ein Amulett in die Hand, schloss ihre Faust darum, und küsste sie zum Abschied. Als sie weg war, nahm er sein Handy und wählte eine Nummer aus dem Gedächtnis. Als sich der Angerufene meldete, sagte er nur:

„Sie hat einen Sender dabei. Schick mir alles rüber, und sag mir noch, wer heute Nacht unterwegs ist."

„Läuft. Hab sie schon, in dreißig Sekunden hast du sie aufm Schirm. Und es ist Davey. Ich schick ihm gleich mal ne Info rüber, was ist mit ihr?

„Anhängsel, seit wir aus dem Haus des Bullen raus

sind. Ich hab Angst um sie."

„Dich hats erwischt, häh?"

„Ja."

Er legte auf, löschte den Anruf, und begab sich in die Küche zum Zwecke des Kaffeekochens.

Sela fuhr etwas unkonzentriert nach Hause. Dort angekommen, überkam sie ein seltsames Gefühl, als sollte sie nicht hier sein. Sie ging schneller als gewollt, und im Treppenhaus erst legte sich dieses seltsame Gefühl wieder. Sie nahm die Treppe, und in dem Moment, in dem sie den Schlüssel ins Schloss stecken wollte, öffnete Lavinia die Tür. Sie weinte nicht, sah aber sehr übernächtigt aus. Sela hielt ihrem hoffnungsvollen Blick nicht stand, ging an ihr vorbei in die Küche, nahm sich ein Glas Wasser und setzte sich an den Küchentisch. Sie verzweifelte innerlich. Lavinia gesellte sich zu ihr und fragte:

„Wo warst du?"

„Auf dem Eiffelturm. Hör mal, ich muss dir etwas sagen."

„Brauchst du nicht. Du hörst dich an wie er. Warst du mit ihm im Bett?"

„Ist das ein Verhör? Wenn du Streit suchst, packe ich gleich. Warum wolltest du, dass ich Sebastian hasse? Sei endlich ehrlich, bitte."

„Also gut, er hat deinetwegen mit mir Schluss gemacht. Ich versuchte ihn umzustimmen. Aber er sagte, er wolle dich. Seit dem hatte er auch keine feste Beziehung mehr gehabt. Und dann warst du an meinem Krankenbett und mit der Zeit habe ich verstanden, wovon er immer gesprochen hatte. Anfangs wollte ich dich, weil er dich wollte. Dann habe ich ihn immer mehr vergessen. Und irgendwie habe ich mich in dich verliebt. Du hast ja selbst einfach vermutet, dass es Sebastian gewesen war, der mich vergewaltigt hat. Ich habe dazu immer nur geschwiegen. Das war alles."

„Die Wahrheit zu verschweigen ist dasselbe wie lügen. Du hast mich manipuliert. Das passiert kein zweites Mal."

„Was meinst du damit?"

„Ich kann dir so nicht vertrauen. Und damit fehlt mir die Basis für eine Beziehung. Ich weiß nicht, ob ich das schaffen kann. Ich werde dich nicht hängen lassen. Sebastian übrigens auch nicht. Er hat mir zehntausend für den Kleinen gegeben. Ich denke, es ist das Beste für mich, über eine eigene Wohnung nachzudenken. Wenn es mal soweit ist, helfe ich dir natürlich, auch eine zu finden, allein kannst du diese Wohnung hier nicht halten. Und bevor du jetzt etwas dagegen sagst, dieser Fisch ist noch nicht gebacken. Ich brauche Zeit für meine endgültige Entscheidung. Ich mache mich jetzt fertig für meine Schicht. Und nehme ein paar Sachen mit. Ich will nachdenken, und dazu muss ich Abstand haben."

Bereits auf dem Weg ins Badezimmer, kam Lavinia hinterher und schrie Sela an:

„Du willst doch nur zu ihm, ich weiß es. Ich habe euch gesehen. Zusammen, in deinem Taxi. Wie du ihn angesehen hast, als würdest du gleich über ihn herfallen."

Sela blieb stehen und drehte sich zu ihr um, ihr Gesicht eine versteinerte Maske. Ihr Tonfall war voller Verachtung:

„Hör auf damit. Sofort."

„Ich will das Geld. Gib es mir!"

„Er wusste schon, warum ich es verwalten sollte. Du haust es nur auf den Kopf. Und jetzt lass mich endlich in Ruhe."

Mehr aus Verzweiflung über ihre Niederlage, denn aus Liebeskummer, fing Lavinia an zu weinen. In ihrer Wut schrie sie Sela einige Hässlichkeiten zu, die deshalb die

Badezimmertür von innen verschloss.

Froh, die ehemals gemeinsame Wohnung zu verlassen, stieg Sela in ihr Taxi. Sie fuhr noch schnell an ihrem Stammbistro vorbei, verputzte eine Pizza, und dann gewohnheitsmäßig zum Bahnhof. Dort verfiel sie ins Grübeln, verbrachte die Zeit mit ein paar Fahrten und versuchte sich einzugestehen, dass ihre Entscheidung bereits gefallen war. Sie wollte erst einmal allein sein. Obwohl sie am nächsten Morgen zu Sebastian fahren würde, dem sie erklären musste, dass sie gerade keine feste Bindung wollte. In einer kurzen Pause rief sie Lavinia an. Sie war noch wach, es war bereits ein Uhr nachts, und sie war sehr niedergeschlagen. Sela fasste sich kurz:

„Ich wollte dir sagen, dass ich die Beziehung nicht fortführen möchte. Ich will allein sein. Ich hoffe, du verstehst das. Falls du etwas brauchst, bin ich für dich da. Aber mehr kann ich dir nicht mehr geben."

Sie hörte noch, wie Lavinia weinte, und war dankbar, dass sie auflegte. Keine fünf Sekunden darauf klingelte das Handy, und Sela nahm ab. Es war ein Kunde, der aus Seeburg abgeholt werden wollte. Sela sagte zu, und fuhr über Staaken, dann auf der Landstraße weiter in Richtung Seeburg. Als sie hinter sich ein Fahrzeug bemerkte, dass deutlich zu schnell fuhr und aufholte, hielt sie es zuerst für einen Kollegen, der es wohl besonders eilig hatte. Doch schnell stellte sich heraus, das der Fahrer andere Absichten hatte. Er schaltete sein Fernlicht nicht aus, und fuhr Sela beinahe auf die Stoßstange auf. Damit nicht genug, trat er sein Gaspedal bis zum Anschlag durch und rammte Selas Taxi. Sela gab ebenfalls Gas, um sich von dem Fahrzeug zu entfernen. Doch der Verfolger ließ sich nicht abschütteln. Sela kannte die Strecke, und überlegte fieberhaft, wo sie eine Möglichkeit hätte von der Straße zu kommen. Doch ihr blieben wohl nur ein paar Felder, rechter Hand, und ihr Taxi würde mächtig Schaden dabei nehmen. Doch diese Hoffnung wurde zunichte gemacht, denn der Irre hinter ihr schob sie bereits mit über einhundertsechzig Sachen vor sich her. Die Zeit war zu knapp. Sie riss verzweifelt das Steuer nach links, um noch vor der scharfen Linkskurve vom Tempo zu kommen, doch ihr Verfolger tat das gleiche, gab Gas, und rammte ihr Heck auf der Beifahrerseite. Ihr Taxi geriet ins Schlingern, als sie versuchte zu bremsen, war es bereits zu spät. Die Kurve war nicht mehr zu nehmen, das Taxi überschlug sich seitlich, und krachte mit der Oberseite an einen Baum.

Sebastian starrte fassungslos auf den Bildschirm. Doch dann rief er durch den Wagen nach vorn zu Davey: „Irgendetwas ist passiert, halt an der nächsten Linkskurve!"
Fast panisch sprang er aus dem Auto und lief seiner grausigen Entdeckung entgegen. Das Taxi lag auf der Fahrerseite, mit dem Dach um den uralten, großen Baum gewickelt. Die Windschutzscheibe war wie ein Spinnennetz von Sprüngen durchzogen, so konnte er Sela nicht sehen. Verzweifelt kletterte er auf das Taxi und versuchte die vordere Beifahrertür zu öffnen, doch sie klemmte fest. Er sprang wieder hinunter und fand an der Dachseite eine Stelle an der Scheibe, die eingerissen war. Er nahm seine Ärmel als Schutz und riss mit aller Kraft daran bis sie zersprang. Er machte weiter, bis das Loch in der Scheibe groß genug war um durchzusehen. Da sah er sie. Ihr Gesicht war nicht zu erkennen, seine Angst wuchs, und so riss und zerrte er ohne Rücksicht auf seine Hände und Arme an der Scheibe. Endlich konnte er zu ihr und sie herausholen. Sie war nicht eingeklemmt, doch der Gurt wollte nicht aufgehen. Sebastian schrie nach Davey, der noch mit der Notrufzentrale telefonierte. Als Davey bei ihm

ankam, verstand er und zog ein Klappmesser aus seiner Hosentasche. Kurze Zeit später kämpfte Sebastian mit Davey darum Sela aus dem verbeulten Taxi zu bekommen, bis es endlich geschafft war. Sebastian legte sie ein paar Meter weiter auf den Parkstreifen und fühlte nach ihrem Puls. Nichts. Davey schob ihn sanft zur Seite und sagte:

„Lass mich das machen."

Davey war als ehemaliger Rettungssanitäter um einiges gefasster, doch auch er fühlte keinen Puls, und sie atmete nicht. Ein erstickter Schrei seines Freundes machte ihn auf die sich bildende Blutlache unter Selas Kopf aufmerksam. Kurzerhand beschloss er, nicht aufzugeben und begann mit allen, ihm zur Verfügung stehenden Mitteln, um sie zu kämpfen. Er schickte Sebastian weg, denn er brach bereits verzweifelt zusammen. Sein Shirt musste als dürftiger Druckverband herhalten, gleich darauf begann er mit den Wiederbelebungsmaßnahmen, die er so lange fortführte, bis der Krankenwagen endlich eintraf.

Beltheim hasste es, dieses Klingeln. Am allermeisten hasste er dieses Geräusch zu so später Stunde. Denn das bedeutete, es musste etwas schlimmeres geschehen sein. Er atmete tief durch, bevor er abnahm, sich meldete und während er zuhörte spürte, wie der Kloß in seinem Hals bedrohliche Ausmaße annahm. Schockiert hörte er, wie Sebastian beinahe an seinen Worten und Tränen erstickte. Er sagte zu, sich mit ihm vor dem Krankenhaus zu treffen. Als er aufgelegt hatte, sah er sein Handy an, als sähe er soeben das achte Weltwunder. Langsam stand er auf und zog sich an. Ein kurzer Abstecher ins Bad, und er war fertig. Aber nicht bereit. Seine Tränen wollten nicht fließen, als er in seinem Wagen saß, zitterten seine Hände. Eine Ewigkeit später, so schien es ihm, hielt er vor dem Haupteingang der Klinik. Als er Sebastian weinend auf dem Boden davor knien sah, liefen seine Augen über, und auch er weinte hemmungslos.

*Es war bereits der einunddreißigste Juli, viel zu lange diskutierten wir darüber, unsere Informationen mit der Polizei zu teilen. Jedoch fanden unsere Überlegungen immer wieder zu einem Punkt zurück: sie waren zu phantastisch. Also schlug ich vor, Beltheim ins Vertrauen zu ziehen, so dass es ihm überlassen war, ob er damit etwas anfangen konnte oder nicht. Es dauerte ein wenig, bis ich ihn soweit überzeugt hatte, nicht weiterhin zu schweigen. Doch er blieb skeptisch. Die Bücher wollte er Beltheim keinesfalls überlassen. Mein Gefühl sagte mir damals, das ihm mein Engagement, Naemi wiederzufinden, nicht gefiel. Heute weiß ich, warum.
Ich telefonierte so lange, bis ich mit Beltheim reden und ein Treffen vereinbaren konnte. Doch er schien sich darauf zu freuen, mich wiederzusehen.
Sebastians Sorge um mich hielt an, er schenkte mir sogar ein Amulett, das ich noch heute täglich trage. Wohl um auf mich aufzupassen begleitete er mich zu dem Treffen mit Beltheim, und unterstützte mich bei den Erklärungen. Er kannte sich ohnehin perfekt aus, im Gegensatz zu mir. Beltheim war erst wirklich interessiert, als Sebastian die einzelnen Fälle aufzählte, die offiziell untersucht worden waren. Die Tatsache, das alle ohne Aufklärung zu den Akten gewandert waren, machte ihn sogar neugierig. Während des Gesprächs sah Beltheim mich einige Male etwas zu intensiv an, bis ich fragte, ob das einen bestimmten Grund habe. Er sagte mir nur, ich sähe seiner verstorbenen Frau zum verwechseln ähnlich. Das Gespräch dauerte etwa

zwei Stunden. Auf dem Heimweg war Sebastian sehr still. Da ich das nicht einordnen konnte, hielt ich es für das Beste, einfach abzuwarten und für ihn da zu sein, falls er reden wollte. Doch statt zu reden, umarmte er mich, kaum das wir zur Tür herein waren, und hielt mich lange Zeit fest. Irgendwann lockerte er seine Umarmung, und sagte in sehr ernstem Tonfall, er wünsche sich, einfach mit mir fortzugehen. Ich konnte mir das zu dieser Zeit zwar vorstellen, doch ich war nicht bereit dazu. Diesen Abend verbrachten wir mal wieder zu Hause, in Zweisamkeit, losgelöst von den alltäglichen Problemen, und glücklich. Es wurde eine lange und wunderschöne Nacht daraus.

Am nächsten Morgen erwachte ich gegen sieben Uhr und konnte nicht mehr einschlafen. Also schlich ich mich leise ins Bad, und machte mich gesellschaftstauglich. Danach begab ich mich nach draußen auf den Weg zum Bäcker. Ein paar Meter vor meinem Ziel blieb ich stehen, und genoss die Sonnenstrahlen auf meinem Gesicht. Das letzte, woran ich mich erinnere, war dieser kleine, stechende Schmerz, den ich plötzlich im Nacken spürte, und dann lange nichts mehr.

Mittlerweile geschehen die Dinge ganz von allein. Ich ertappe mich selbst dabei, wie ich meinen Körper verlasse, ohne mich wissentlich darum bemüht zu haben. Das, was ich dann wahrnehme, ist oft nicht zu verstehen. Manchmal höre ich eine Geige spielen. So real, als stünde jemand neben mir, der sie spielt. Die Geräusche sind nicht in meinem Selbst, aber vielleicht kommen sie ja von meinem Gehirn. Vielleicht kann ich sie durch meinen Astralkörper hindurch hören, meine Gedanken und Wahrnehmungen. In den Warnungen wurde erwähnt, dass es durchaus geschehen kann, sich in andere Welten zu flüchten. Unbewusst und ohne Kontrolle. Dann findet man nicht mehr zurück und verliert sich auf der Zwischenebene, die auch als Übergang bezeichnet wird. Irgendwann reißt dann die Verbindung zum Körper ab. Dies bedeutet den Tod der biologischen Hülle. Mein Meister hat diese Warnungen selbst verfasst. Ich habe es an seinem Schreibstil erkannt, denn ich habe all seine Tagebücher gelesen. In wenigen Momenten überkommt mich wieder der Zweifel an der Richtigkeit dieses Unternehmens. Da ich jetzt das ganze Ritual, alle Bücher des Meisters und andere Rituale gelesen habe, wird mir bewusst, dass dieser Mensch im Grunde sein Leben lang Menschen manipulierte. Wie er schreibt, zu deren eigenem Besten. Ich wage nicht meine Gedanken frei zu lassen. Diese Zweifel müssen eliminiert werden, wenn ich dich wiedersehen will. Die Schuld, die auf mir lastet, kann ich mir noch immer nicht vergeben. Daran arbeite ich nun, in meiner letzten Phase, damit ich ungehindert in andere Welten reisen, und die passenden Opfer finden kann. In jeder Welt, in der ich dich finde, werde ich einen Probelauf unternehmen, um dich und deine Rückkehr nicht zu gefährden. Soweit ich jetzt folgern kann, wird die Magie des Kraftortes, an dem ich ein Tor öffne, dafür sorgen, dass alles, was ich hier tue, auch in allen anderen parallelen Welten geschieht. Jedes Opfer wird in allen Welten sterben, auf die selbe Weise. Das sichert mir den Zugang zu diesen Welten.

In einem Traum erinnerte ich meine Einstellung zu diesen Themen von vor ein paar Jahren. Damals hätte ich über so etwas nur gelacht. Doch jetzt, da ich ein Leben ohne Dich nicht mehr ertragen kann, die Schuld auf meinem Gewissen lastet, finde ich dieses Werk des Meisters und erhalte eine Chance. Oft dachte ich seit meinen Erfahrungen im Astralreisen daran, mich selbst zu töten. Doch solltest du bereits wieder reinkarniert haben, werde ich dich nicht finden. Dieses Ritual ist meine einzige Hoffnung, die Vergangenheit, die ich doch eigentlich auslöschen soll, zurückzuholen. Wieder sehe ich Zweifel. So wird es nicht funktionieren.

Was bin ich? Mensch, Unmensch, oder werde ich langsam wahnsinnig? Ich beabsichtige zu töten. Junge Frauen, die ihr Leben noch vor sich haben. Ich vernichte Leben. In dem Buch steht, Menschen seien Material. Bin ich das? Nur ein Teil im Leben anderer, die nur hier sind um diesem einen Zweck zu dienen? Kann es sein, dass eine Seele sich so entscheidet? Oder dass ich nur hier bin um ihnen zu dienen, indem ich sie töte? Sind unsere komplexen Daseinsformen im Miteinander darauf ausgerichtet, oder entscheiden wir selbst? Warum habe ich dieses Buch gefunden? Warum stieß ich im Wald auf diesen versteckten Tunnel? Vorsehung oder habe ich Kraft meiner Gedanken dies alles bewirkt?

All meine Fragen bleiben unbeantwortet. Von nun an werde ich mir selbst die Antworten geben müssen. Ein letzte Probe, dann bereite ich mich auf das Töten vor. Es ist unverfänglich darüber zu schreiben. Es zu tun ist gedanklich leicht. Wie oft sagt man dahin, <ich bringe dich um>, und tut es ja doch nicht.

Mein Körper ist gereinigt, mein Geist wach und in Aufruhr. Alles was ich erlernte, steht mir im Wege. Ist die Welt so einfach oder bin ich dabei einen Fehler zu begehen, wie kann bedingungslose Liebe falsch sein? Ich stelle zu viele Fragen. Es ist an der Zeit, diese eine Lektion wird mir zeigen, ob ich es verdiene, dich in mein Leben zu holen.

Die größten Hürden sind die Entscheidungen, die zu treffen wir in der Lage sind, oder auch nicht. Sich etwas zu erträumen oder alles dafür zu tun. Die Entscheidung *ist die Aussage über unsere wahren Gefühle. Ich will dich wieder sehen! Deshalb entscheide ich mich dafür, töten zu wollen.*

Ich bin heute sehr müde. Ich bin sehr einsam. Morgen ist ein neuer Tag. Ich werde ihn künstlich erhellen wie all die Monate zuvor. Doch ich werde mich verändern. Durch die Antworten, die ich mir geben werde. Heute Nacht werde ich reisen, morgen berichten, was dabei geschah. Mein größter Wunsch wird sich erfüllen, sobald ich es geschafft habe, meine persönlichen Bedürfnisse geltend zu machen. Dabei sollte mir nichts im Wege stehen. Gute Nacht, mein Engel, wo immer du auch bist.

Er sah jemanden auf Sebastian zugehen, tröstend eine Hand auf seine Schulter legen und auf ihn einreden. Er schien sich zu beruhigen. Beltheim stieg aus, trocknete seine Tränen und ging zu den beiden hin. Erst da stand Sebastian auf. Es war jedoch Davey, der es übernahm, sich mit Beltheim bekannt zu machen. Auch den Vorfall mit Sela schilderte er, aus gutem Grund, als zufällige Entdeckung eines Unfallwagens am Straßenrand. Sein Bericht war sehr knapp, Beltheim kannte Sebastians Art zu schweigen. Die Geschichte seines Freundes stimmte also nicht. Vorerst beließ er es dabei. Er war gerade nicht in der Lage sich damit auseinander zu setzen. Stattdessen beschloss er sich Informationen zu beschaffen. Dazu marschierte er in die Aufnahme und bekam als Polizist schließlich Auskunft. Sela war noch im Operationssaal. Das bedeutete, dass sie lebte. Aber ihr Zustand war äußerst kritisch, eine offene Schädel-Fraktur war festgestellt worden, ob sie überleben würde, konnte man erst nach frühestens 48 Stunden prognostizieren. Doch alles weitere stand damit in den Sternen. Immerhin bestand noch eine kleine Chance für Sela zu überleben. Das allein zählte. Beltheim wurde bereits sehnsüchtig erwartet, und so teilte er den beiden Rettern mit, was er soeben erfahren hatte. Für Sebastian machte dieser kleine Funke Hoffnung keinen Unterschied, seine Angst, sie zu verlieren ließ ihn schier wahnsinnig werden. Davey wusste nicht mehr, wie er ihm helfen konnte, deshalb beschloss er, es sei das Beste, sich mit ihm zu betrinken. Beltheim telefonierte gerade mit seinen Kollegen, die den Unfall aufnahmen. Als er auflegte, drehte er sich zu den beiden um und sagte mit vor Wut gepresster Stimme:

„An dem Taxi sind fremde Lackspuren zu sehen. Und zwar an einigen Dellen am Heck bis hin zum Radlauf. Jemand hat diesen Unfall verursacht und ist dann abgehauen."

Sebastian sah Beltheim an und sagte leise:

„DL-6541. Berliner. Er hat uns schon verfolgt, als wir von dir weg sind. Das war kein Unfall, das war Absicht."

Seine letzten Worte waren förmlich erstickt in neuen Tränen. Beltheim überlegte kurz, nahm sein Handy und telefonierte noch einmal. Er würde seinen Informanten schützen, keine Frage. Doch seine Kollegen konnten so etwas nicht leiden. Er würde sich in die Nesseln setzen damit, doch es war ihm völlig egal. Er legte abermals auf und fragte Sebastian sogleich:

„Wo habt ihr diese Bücher geholt, wer zieht bei euch die Fäden, und woher nehmt ihr das Geld für eure,..., was auch immer ihr da macht?"

Diesmal stellte sich Davey schützend vor Sebastian und erklärte in übermäßig ruhigem Ton:

„Wir werden dir alles zeigen, wenn du jetzt sofort mit

uns in deine Wohnung fährst und sicher stellst, dass die Bücher nicht gestohlen wurden. Und dann wirst du mit uns für eine Weile untertauchen. Sonst kannst du dich gleich selbst einweisen."

„Untertauchen? Was meinst du damit? Ich bin mitten in einer Ermittlung, ich kann nicht einfach untertauchen!" Sebastian meldete sich zu Wort:

„Hör mal, das alles ist die reinste Hölle. Ich liebe Sela, und ich werde für einige Zeit keine Möglichkeit haben, ihr beizustehen. Oder überhaupt zu erfahren, ob sie das hier überlebt oder nicht. Fakt ist, dass sie Wind davon bekommen haben, was wir hier machen. Das heißt, wir drei hier sind in Lebensgefahr. Sie könnten uns in diesem Moment beobachten. Also was ist? Willst du leben oder sterben?"

„Wer zum Teufel sind denn bitte <sie>?"

Als er keine Antwort bekam, atmete er tief durch und erklärte:

„Also, wir fahren jetzt zu mir. Dann erklärt ihr mir alles und ich entscheide dann, was ich machen werde."

„Wie gesagt, du hast die Wahl zwischen Leben und Tod."

Damit gingen die drei zu Beltheims Wagen und stiegen ein. Die Fahrt verlief ohne Vorfall und ohne ein Wort. Jeder war in seine eigenen Gedanken versunken. Beltheims Haus war unbehelligt geblieben, die Kopien der Bücher noch immer da, wo er sie gelassen hatte. Das ließ Davey eine neue Gefahr vermuten:

„Genau das wollen sie. Uns drei und die Bücher zusammen in einem Auto. Noch ein Unfall, dafür kein Einbruch und vier Fliegen mit einer Klappe. So geht das nicht. Wir müssen uns was anderes einfallen lassen."

Beltheim dachte einige Zeit über Daveys Worte nach. Er hatte recht. Aber wie sollte es denn dann gehen? Sebastian brach sein Schweigen mit einer Idee:

„Davey, erinnerst du dich an Eddie?"

„Der mit dem LKW? Du bist verrückt. Das meinst du nicht ernst."

„Oh doch."

„Wovon redet ihr zwei?"

„Na von der einzigen Möglichkeit, die uns noch bleibt. Eddie fährt mit seinem LKW in einen Innenhof, und wartet dort einige Stunden. Dann fahren wir in den LKW im Innenhof, und Eddie fährt mit uns wieder raus. Hör mal, ich weiß wie das klingt, aber das hat schon einmal funktioniert, vertrau mir."

Es dauerte ein paar lange Sekunden, bis Beltheim reagierte. Zuerst lachte er, dann wurde er plötzlich ernst:

„So habt ihr das damals gemacht. Alles klar."

Einige Zeit betretenen Schweigens später fügte er hinzu:

„Die Story ging quer durch alle Etagen. Unsere gelinkten Kollegen waren damals davon ausgegangen, dass sie den observierten Wagen irgendwie verpasst haben müssen."

Davey sah Sebastian an, der zuckte lediglich mit den Schultern. Er wirkte vollkommen gleichgültig. Seine Gedanken waren bei Sela, er sehnte sich mit jeder Faser seines Daseins danach, bei ihr zu sein. Seine Schuldgefühle ließen ihn verzweifeln. Äußerlich sah man ihm zwar an, dass er litt, doch innerlich zerbrach er. Davey übernahm die Organisation dieses Unterfangens. Er kannte seinen Freund zu gut, um ihm jetzt auch nur den Hauch von Aktion abzuverlangen. Beltheim war mit umherlaufen und nachdenken beschäftigt.

Eddie war gerade auf dem Rückweg nach Berlin als sein Handy klingelnd seine Aufmerksamkeit forderte. Er war müde von der langen Tour und hatte nicht wirklich Lust auf ein Gespräch. Doch er kannte die Nummer. Es musste wichtig sein, Davey meldete sich nur im Notfall. Also ging er schweren Herzens ran. Sie brauchten seine Hilfe, das Angebot war sehr großzügig, und der Job leicht. Er sagte für die nächste Nacht zu. Das hieß für ihn, dass er sich am Abend zuvor bereits zum vereinbarten Treffpunkt begeben musste. Doch das war kein Problem für ihn, er würde einfach in seiner Kabine schlafen. Er hatte jetzt noch gut einhundert Kilometer vor sich, dann würde er abladen und nach Hause fahren. Den Auftrag dazwischen zu schieben war also kein Problem.

Jetzt war Beltheim neugierig geworden, er fragte Davey:
„Okay, ich fahre uns also mit meinem Wagen in einen LKW. Und der fährt mit uns dann wohin genau?"
„Das erfährst du alles erst, wenn wir da sind. Bei uns sind die Wände taub, du verstehst?"
„Du glaubst wirklich, meine Wände haben Ohren?"
„Ich glaube es nicht, ich vermute es. Oder besser gesagt, die Möglichkeit, dass es so ist, kann nicht ausgeschlossen werden. Wir gehen am besten in den ersten Stock, und verhalten uns so, als wären wir nicht da. Telefonieren kannst du von unseren Handys aus. Deines machst du besser aus und nimmst den Akku raus. Wie voll ist dein Kühlschrank?"
„Bedien dich. Da drüben ist die Küche."
Davey machte sich daran die Vorräte einzuteilen, denn die Fahrt über würden sie den LKW nicht verlassen können, und der Umweg, den sie nehmen würden, war lang.
Die Sonne ging bereits auf, und Beltheim beschloss, noch einmal im Krankenhaus anzurufen, um zu erfahren, wie es um Sela stand.

*Ich erwachte, für sehr kurze Zeit, und konnte kaum sehen. Der Raum um mich herum war verschwommen. Mein Kopf schmerzte entsetzlich, und ich konnte mich kaum bewegen. Jemand war in meiner Nähe, redete, und beugte sich über mich. Langsam versuchte ich mein Gesicht von ihm wegzudrehen. Es gelang mir nicht. Ich war wohl festgebunden. Meine Erinnerung an diese kurze Zeit ist sehr schwach. Viel mehr gibt es nicht zu berichten.

Als ich ein weiteres Mal erwachte, war mein Kopf schon klarer. Der Raum war ein gewöhnliches Gästezimmer. In welchem Haus wusste ich natürlich nicht. Unmittelbar nach meinem Erwachen erkannte ich an dem Tumult, der im Haus herrschte, den Grund dafür, warum ich das Reich der Träume verlassen hatte. Es hörte sich an, als würde jemand festgenommen. Was in der Tat auch so war. Was ich damals noch nicht wusste, war, dass das Amulett, das Sebastian mir geschenkt hatte, einen Sender enthielt. Auf diese Weise hatten sie mich gefunden. Ich verdrängte die Übelkeit und die Schmerzen, denn mir wurde bewusst, dass es nicht mehr lange dauern konnte, bis sie mich finden würden. Der Tumult wanderte nach draußen, ich konnte ihn nun durch das offene Fenster hören. Als die Tür aufflog, wollte ich meinen Kopf zur Seite drehen, um sehen zu können wer zur Tür hereinkam. Dabei stellte ich fest, dass ich mich noch immer nicht bewegen konnte. Endlich kam jemand in mein Blickfeld, sagte etwas zu mir, tastete nach meinem Puls, und sprach mich abermals an. In diesem Augenblick registrierte ich, dass ich nicht einmal mehr sprechen konnte. Mein ganzer Körper war bewegungsunfähig. Bis auf meine Augen. Ich konnte meine Augäpfel bewegen, und die Lider schließen sowie öffnen. Und weinen war mir wohl möglich, denn ich fühlte Tränen in meinen Augen, aber nichts, als sie mir übers Gesicht liefen. Ein

Martinshorn war zu hören, also war ein Krankenwagen unterwegs. Ich hoffte im Stillen, dass ich nicht für den Rest meines Lebens in diesem Körper gefangen sein würde. Immerhin konnte ich denken, hören und sehen. Um für immer in mir selbst gefangen zu sein, ohne die Möglichkeit mich mitzuteilen, ließ mich verzweifeln. Also schloss ich die Augen und nahm durch die Lichtveränderungen wahr, dass ich bewegt und transportiert wurde. Der Rest dieses Tages verlor sich in Bewusstlosigkeit.

Stimmen, immer wieder hörte ich Stimmen. Auch Sebastians Stimme erkannte ich, und obwohl ich mich riesig darüber freute, dass er bei mir war, konnte ich meine Augen nicht öffnen. Ich lauschte den Gesprächen, und fand heraus, dass ich in einem künstlichen Koma lag. Allerdings hatte ich irgendwie das Gefühl, nicht mit meinen Ohren zu hören. Vielmehr kam es mir so vor, als wäre ich mitten in den Schallwellen dieser Stimmen und anderer Geräusche. Irgendwann wünschte ich mir zu sehen, was um mich herum stattfand. So sehr, dass ich es schaffte, meine vermeintlichen Augen zu öffnen. Ich sah Schwärze, ein paar helle, verschwommene Lichter, und jemanden, der bei mir war. Diese Gestalt und ich standen uns gegenüber, und doch waren wir nicht körperlich vorhanden. Mag sein, dass es sich wie ein Traum anhört, doch ich weiß, dass ich es wirklich erlebt habe. Und ich erinnere das wunderschöne Gefühl reinen Glücks, als ich diese Gestalt wahrnahm. Wie ich aus dieser Situation wieder heraus katapultiert wurde, weiß ich nicht. Urplötzlich riss etwas an mir. Mehr als die danach empfundene Kälte kann ich nicht beschreiben. Es vergingen viele solcher Momente, ich hörte und manchmal sah ich. Doch eines Tages empfand ich den Wunsch tief Luft zu holen. Ich glaubte zu ersticken. Ich fühlte Schmerzen, ein Brennen in meinen Lungen und ich konnte hören, wie etwas ziemlich laut anfing zu piepsen. Kurz darauf war der Raum um mich voller Stimmen und ich spürte Hände, die mich berührten. In all diesem Chaos tauchte die kleine Gestalt wieder auf und ich empfand wieder diese Freude bei ihrem Anblick. Damit verschwand ich wieder in die Dunkelheit.

Ich schreibe zu viel. Aber ich verändere mich so sehr, dass ich durch das Schreiben den Prozess besser beobachten kann. Ich bin soweit, dass ich ohne weiteres reisen kann. Es fühlt sich mittlerweile an, als wäre es völlig normal. All die Verwirrung, die es anfangs bei mir auslöste, ist verschwunden. Ein weiteres Kapitel ist abgeschlossen. Seit nun mehr zwei Wochen befinde ich mich im Stadium des Übens, wie man Runen in Haut einritzt. Noch zweieinhalb Monate, dann beginnt das eigentliche Ritual. Ich kenne alle Opfer, deren Gewohnheiten und alle erdenklichen Möglichkeiten, sie zu holen. Alles verläuft bestens. Die Daten ihres Todes werden der jeweils zwölfte der Monate April, Mai, Juni, und Juli. Ihre Reinigung wird einen Monat im voraus beanspruchen. Da ich alles vorrätig habe, was ich dafür brauche, werde ich es einfach haben. Ich übe das in Erscheinung treten, um die Opfer anzulocken. Einige Menschen da draußen sind völlig abgestumpft. Sie nehmen überhaupt nichts wahr. Einige dagegen, sehr wenige, haben mich angestarrt. Ein gutes Zeichen. Vor allem, weil nur die gewünschten Personen mich erblickten. Kinder sind leichter zu erschrecken. Und auch leichter zu beeinflussen. Sie tun, was ich ihnen sage, und vergessen danach auf mein Geheiß was geschah. So werde ich die Opfer hierher locken. Der Tunnel hat vier Ausgänge. Einen bei den vier Eichen, doch der ist verschüttet. Einen unter dem See, die Kammer mit dem Ausgang ist geflutet, die Tür zu diesem Raum versperrt. Der Gestank von dort ist entsetzlich. Ein weiterer Ausgang war einmal direkt am Ufer, doch der ist eingestürzt, und von außen nicht erkennbar. Der vierte, durch den ich hier herein kam, ist verdeckt von einem sehr schmalen Mauerspalt, der von außen aussieht wie eine Vertiefung in einer alten Mauer, die ein an den Wald angrenzendes Grundstück, das ganze zwei Meter auf dieser Seite erhöht liegt, umgibt. Im unteren Teil dieses Spalts, da wo die Steinblöcke erheblich größer sind, ist der Spalt gerade mal so weit offen, das ein sehr schmaler Mensch noch durchpasst. Dahinter kann man sich im Halbkreis in einen Tunnel schlängeln, der steil bergab führt. Die Mauer ist stark verfallen, das alte Herrenhaus auf dem Grundstück seit Jahrzehnten nicht mehr bewohnt. Es wird also niemand sehen, dass alle Opfer auf Knien zu mir herunter kriechen. Ich habe sie mit Bedacht ausgewählt. Alle vier sind gertenschlank und passen durch den Spalt. Auch der Verdacht wird auf jemand anderen gelenkt, durch die Wahl meiner Opfer. Sie stammen alle aus der schwarzen Szene, die in der Vergangenheit schon zur Genüge den Ruf erdulden musste, voller Satanisten zu sein. Ich werde also völlig ungestört operieren können. Meine Angst vor dem Töten ist überwunden. Im Gegenteil, ich freue mich auf die Durchführung des Rituals, denn es dauert nicht mehr lange, bis ich dich in meine Arme schließen kann. Dieses Buch ist meine Erlösung. Und Menschen sind Material, sie werden geboren, sie sterben. Auf welche Weise ist völlig egal. Und schließlich gibt es ja genug davon. Es ist sehr beruhigend, dass alles hinter mir zu haben. Vor mir liegt noch viel Arbeit. Der Zeitpunkt könnte kaum besser sein, mit all den Zweifeln aufgeräumt zu haben. Wenn ich erst einmal die erste

Leiche an Ort und Stelle gebracht habe, bin ich wie der Meister, der dieses Buch schrieb. Herrin über Leben und Tod. Ich lasse dich in meiner Welt wieder auferstehen. So als wärst du niemals weg gewesen. Die Zeit wird dich vergessen lassen, woher du einst kamst, wer du dort warst, und dein altes Leben wird ausgelöscht sein.

Ich mache mich nun wieder an die Runen, Wasser ist die Bedeutung, in tieferem Sinne Unschuld und Reinigung. Morgen hole ich mir ein lebendiges Tier, fange an mir der Betäubungsübung, und den Schneideübungen am lebenden Objekt. Schön wäre es, wenn ich einen Hund erwischen könnte. Die Haut von Schweinen ist zu dick. Ich möchte doch meine Opfer nicht versauen, indem ich zu tief schneide. Zwar habe ich für jedes eine Zweitbesetzung, aber das würde bedeuten, das Ritual in seiner Wirkung zu gefährden. Doch mein Vertrauen in meine erlernten Fähigkeiten wächst genauso schnell, wie meine Freude auf unser Wiedersehen. Es macht mir Freude, diese Runen zu ritzen. Es ist wie Kunst, sie präzise und möglichst identisch zu kreieren. Etwa so, als würde ich ein Bild zeichnen.

„Die Operation ist gelungen. Ihr Zustand weiter kritisch. Sie haben kaum Hoffnung. Unvorstellbar, sollte sie wieder zu sich kommen, könnte sie, naja, nicht mehr sie selbst sein. Ich will gar nicht daran denken."

„Sie wird wieder zu sich kommen. Und sie wird völlig gesund werden. Das ist mal sicher."

„Sebastian, deinen Optimismus in allen Ehren, aber verrenne dich nicht in deine Hoffnung."

„Ich hoffe nicht, ich weiß es. Hör mal, ich will mich noch hinhauen. Wo kann ich denn schlafen?"

Beltheim deutete auf die Treppe:

„Treppe rauf, Gang runter, letzte Tür links. Ist ein Gästezimmer. Gute Nacht."

„Ja."

Davey und Beltheim saßen noch im Wohnzimmer und beschlossen, ebenfalls zu schlafen. Da Davey einen sehr leichten Schlaf hatte, blieb er unten auf der Couch. Beltheim verzog sich in sein Schlafzimmer. Er war hin und her gerissen von den Umständen, in die er hineingeraten war. Er hatte sich noch niemals wirklich damit auseinandersetzen müssen, in Lebensgefahr zu sein, und konnte demnach keine Angst empfinden. Außer die um Sela. Das Ergebnis der Haaranalyse bezüglich des Vaterschaftstests war zwar noch nicht da, aber er zweifelte nicht an dem Ergebnis. Lange lag er grübelnd wach, als er dann endlich schlief, träumte er. Von Sela, den vier Frauenleichen, und dem Chaos, in dem er steckte. Es war ein unruhiger Schlaf, aus dem er sehr erschöpft erwachte. Sebastian stand neben seinem Bett und bemühte sich ihn aufzuwecken. Es war soweit. In einer Stunde mussten sie losfahren. Beltheim kam sich vor, als stünde er auf der falschen Seite. Die beiden anderen machten eher den Eindruck, als wäre das völlig normal für sie. Wie ein gut aufeinander abgestimmtes Team, in aller Seelenruhe, dirigierten sie Beltheim erst zu seinem Auto, dann durch die Stadt. Schon beim Einsteigen bemerkten sie einen dunklen Wagen, in dem zwei Männer saßen. Als sie in den Innenhof einbogen, hielten die fremden Männer in zweiter Reihe. Wohl in der Annahme, sie bald wieder weiter zu verfolgen. Der LKW stand in dem geräumigen Innenhof mit der Ladefläche schräg nach innen. Eddie stieg sofort aus, um die Hebebühne herunterzulassen. Als diese am Boden angekommen war, zog er eine Vorrichtung aus dem Laderaum, die er schräg auf der Kante der Ladefläche und am oberen Ende der Hebebühne befestigte. Die Vorrichtung war eine Konstruktion von Eddie selbst, und diente ausschließlich dazu, PKWs ohne aufzusetzen in den Laderaum zu bekommen. Beltheim war mulmig zumute, dennoch gab er Gas und ließ sich von Eddie einweisen. Als der Wagen sicher befestigt war, stiegen sie aus und halfen Eddie alles zu verstauen. Danach fuhren sie los. Sebastian, Davey und Beltheim blieben im Laderaum. Während Beltheim und Davey es sich auf den vorderen Sitzen des Wagens bequem zu machen versuchten, ging Sebastian schweigend zum Kofferraum, öffnete ihn und legte sich hinein. Kaum war der Deckel wieder zu, fragte Beltheim:

„Was ist eigentlich mit ihm los? Er ist, irgendwie, speziell."

Davey schmunzelte, er fand die Formulierung gut. Er gab zur Antwort:

„Ja, das ist er. Weißt du, er redet nicht besonders viel, es sei denn, er fühlt sich wohl. Was im Moment wohl kaum der Fall sein dürfte. Er will eben einfach allein sein. Auch wenn es da hinten ziemlich unbequem sein dürfte, ist es für ihn immer noch besser, als sich beobachtet zu fühlen. Ich kenne ihn schon ein paar Jahre, ich weiß was er vorhat. Und ich weiß, dass ich ihm vertrauen kann. Egal was er macht, er tut es weil er es für richtig hält. Bisher lag er mit seinen Überlegungen nie daneben. Das ist wirklich speziell."

„Wie lange werden wir unterwegs sein?"

„Etwa sechs Stunden. Und keine Sorge, dieser LKW ist abgeschottet, keine Signale raus, und auch keine rein. Unsere Handys funktionieren hier nicht. Also ich werde versuchen zu schlafen."

„Es gäbe keinen besseren Zeitpunkt, um mir ein paar Fragen zu beantworten."

„Na gut, dann schieß los."

„Wer seid ihr, und was macht ihr?"

„Unsere Organisation hat keinen Namen. Wir sind ein Hauptstamm von fünfzig Leuten mit dem Ziel, paranormale Phänomene zu untersuchen, und okkulte Riten, bei denen jemand zu schaden kommen könnte aus dem Verkehr zu ziehen. Und noch so einiges mehr. Politik, Länder übergreifende Gesellschaftsphänomene, und so weiter. Wir haben Spezialisten in allen Fachbereichen. Es kämpft sich leichter, wenn man die Aufgaben verteilen kann. Als nächstes kommt wahrscheinlich die Frage, warum wir das machen. Das ist bei jedem von uns anders. Ich mache das, weil ich mir um Geld keine Sorgen zu machen brauche. Wie Sebastian. Wir sehen unsere Aufgabe darin, etwas sinnvolles zu tun. Gemäß unserer Fähigkeiten."

„Soweit mir bekannt ist, dealt der Herr im Kofferraum. Kommt sein Geld daher?"

„Er dealt nicht, er lebt einfach gerne und risikoreich."

„Ihr seid also gerne am Rand der Gesellschaft?"

„Außen vor sind wir noch viel lieber."

„Was ist mit diesen Büchern, woher stammen die?"

„Von einem Typ namens Domak. Er hielt seinen Sohn für die Inkarnation des neuen Meisters, und legte für ihn eine Bibliothek an. Es waren Sammlungen von Ritualen aus aller Herren Länder. Er verdiente sich sein Geld durch Kinderhandel. Ausschließlich von ihm gezeugte Kinder natürlich. Jedenfalls war sein Sohn der erste, der diese Bücher, um die es hier geht, erstmalig umsetzte. Mit Erfolg sogar. Daher unser Interesse daran. Wir wollen heraus finden, was damals geschah, und wie der Erfolg möglich war."

„Du meinst, dass er seine Mutter wieder zum Leben erweckte."

„Genau."

„Und dass genau jetzt irgendjemand diese Bücher wiederverwendet, ist reiner Zufall oder wie?"

„Es gibt keine Zufälle. Diese Bücher sind wohl auf

allen Ebenen gleichzeitig wieder aufgetaucht. Vor über vier Jahren. Sie wurden uns anvertraut. Wir besitzen die Originale, direkter Import aus England. Wir arbeiten auch hin und wieder mit der Polizei zusammen, wie du siehst. Leider wurden diese Schriften kopiert, so dass sie auch anderen in die Hände gefallen sind. Mehr könnte dir diesbezüglich Sebastian sagen, nur fürchte ich, dass du darauf noch eine Weile warten musst."

Sebastian lauschte dem Gespräch nur für sehr kurze Zeit, er hatte wichtigeres vor. Er beherrschte Techniken, mit anderen Menschen über weite Strecken in Verbindung zu treten – Telepathie war eine davon. Selbst dieser LKW war für ihn kein Hindernis. Er suchte Sela, fand sie, und versuchte ihr zu suggerieren, er wäre bei ihr. Eigentlich war es für ihn nur die Suche nach Bestätigung seiner Annahme, sie würde wieder aufwachen. Auch wenn es ihn viel Kraft kostete, er wollte so lange wie möglich mit ihr in Verbindung bleiben. Der Kofferraum bot ihm dafür die einzige Möglichkeit. Davey hatte dieses Thema auf Beltheims Frage hin natürlich umgangen.

Nach knapp sechs Stunden kamen sie in Hamburg an. Davey erklärte noch den weiteren Verlauf, ausladen auf einem Hinterhof, und dann mit dem Wagen zum endgültigen Zielort, in die Tiefgarage nebenan. Zufahrt über den Hinterhof. Idiotensicher. Als der LKW stand, ging der Kofferraumdeckel auf und ein leicht benommener Sebastian kletterte mühsam heraus. Von der Tiefgarage aus gingen sie in eine fast leerstehende Wohnung. Sie hatte drei Räume, der eine davon war beinahe vollständig mit Matratzen ausgelegt, der größte diente als eine Art zentrales Büro. Der letzte und kleinste Raum wurde als Lager benutzt, ein paar Kartons mit alten, elektronischen Geräten und einige mit Ersatzkabeln und ähnlichem standen säuberlich sortiert an der seitlichen Wand entlang. Beltheim war einigermaßen verwirrt, mit so etwas hatte er nicht gerechnet. Sebastian erklärte ihm, diese Wohnung diente zum Unterschlupf und für Notfälle dieser Art. Das Büro war in weniger als zwanzig Minuten abbaubar, sollte diese Wohnung geräumt werden müssen, könne dies bereits in einer halben Stunde erledigt sein. Desweiteren erklärte er dem staunenden Beltheim, was hier im Detail ablief. Hier gingen alle Anfragen, Berichte, und Informationen aller Art ein. Zur Weiterleitung an entsprechende Stellen saßen hier immer extra nur dafür eingeteilte Leute, welche die gezogenen Fäden verwebten. In dieser Organisation war alles zu finden, von Biophysikern, bis hin zum Astrologen. Die einzelnen Fachbereiche ergänzten einander oder traten durch einzelne beratende Tätigkeiten für ihre spezifische Fachrichtung ein. Beltheim war überrascht, wie organisiert das alles ablief. Als Sebastian mit seinen Erläuterungen fertig war, gab er zu verstehen, dass er noch etwas besorgen wolle, und war verschwunden. Davey übernahm Beltheim und schaffte ihn vor einen freien Computer. Er gab kurze Anweisungen für die Nutzung, und ließ Beltheim beobachten, wie die Organisation arbeitete. Er selbst begab sich zu einem seiner Leute und unterhielt sich mit ihm auf schwedisch. Als ein Anruf reinkam übernahm der Schwede das Gespräch, und sprach spanisch. Beltheim dachte an die Arbeit die er verrichtete, und überlegte, ob ein Wechsel für ihn in Frage käme. Doch er verwarf den Gedanken schnell wieder. Der Vormittag verging rasch. Gegen Mittag erkundigte sich Beltheim bei Davey nach dem Verbleib von Sebastian:

„Er wollte doch nur etwas besorgen, oder nicht?"

„Er ist bereits wieder in Berlin. Dir ist nicht aufgefallen,

dass der LKW noch eine Zeitlang dastand, und kurz nach dem Sebastian hier raus war erst abgefahren ist?"
„Nein, das ist mir nicht aufgefallen."
„So arbeiten wir gerne. Je einfacher die Täuschung, desto wirkungsvoller ist sie auch. Nur mache ich mir Sorgen, wenn man die vom LKA so leicht übers Ohr hauen kann."

*Es war ein mehr als seltsamer Moment, als ich endlich wieder erwachte. Ich fühlte zuerst dass ich atmete, dann erst fing ich langsam an, meinen Kopf wahrzunehmen. Danach folgte der Rest meines Körpers. Das Licht, das durch meine Augenlider hindurch erkennbar wurde, war mit geschlossenen Augen schon schmerzhaft. Ich atmete einmal tief ein und versuchte meine Augen zu öffnen. Die ersten Sonnenstrahlen ließen mich den Kopf seitlich wegdrehen. Durch diese Bewegung wurde ich bemerkt, von Sebastian, der mit Laptop bewaffnet an dem kleinen Tisch saß, der in meinem Zimmer in der Ecke zur Fensterseite stand. Er sprang vom Stuhl auf und stürzte auf mich zu. Zärtlich schützte er mit seiner Hand meine Augen, indem er sie vor der Sonne abschirmte. Leise sagte er:
„Schön, dass du wieder da bist, ich habe dich vermisst."
Ich lächelte, und stellte dabei fest, dass mein Mund ziemlich trocken war. Also versuchte ich es mit Sprechen. Das klappte noch nicht wirklich gut. Doch Sebastian holte bereits ein Glas Wasser und half mir den Kopf zu heben. Ich kann mich an keinen anderen Moment erinnern, in dem Wasser so verdammt köstlich war! Langsam öffnete ich meine Augen, wobei ich sie noch gequält zusammen kniff, und sah direkt in sein Gesicht. Er sah glücklich aus, und das ließ mich Glück

empfinden. Da ging die Tür auf und eine Schwester kam herein. Sie hieß mich aufs herzlichste Willkommen und nach einer kurzen Kontrolle meines Zustandes ging sie um einem Arzt Bescheid zu geben. Kaum waren wir wieder allein, nahm Sebastian meine Hand und küsste sie. Ich hatte noch nicht alle Erinnerungen wieder erlangt, doch das war mir in diesem Moment auch nicht besonders wichtig. Ich war beinahe in der Lage das Glück dieses Augenblickes bedingungslos zu genießen. Mein Körper verlangte eine gewisse Aufmerksamkeit, doch mein Geist war auf seltsame Weise befreit.

Als ich wieder einschlief war es der natürliche Schlaf der Regeneration. Bereits die nächsten Tage brachten mir Erzählungen und Erkenntnisse, die ich gerne vergessen hätte. Das Schlimmste war für mich zu erfahren, wie lange ich im Koma gelegen hatte. Ich erwachte am Nachmittag des 12. August. Am Vormittag hatte man eine Leiche gefunden. Wie ich bereits ahnte, war es Naemis lebloser Körper gewesen. Er hatte auf der Lichtung gelegen, von der Naemi einst verschwunden war. Äußerlich völlig unversehrt, und, wie in der Autopsie festgestellt worden war, auch ohne jedwede organische Ursache für das Eintreten des Todes. So hatte sie dort gelegen, als wäre sie eben erst eingeschlafen. Ich wusste das nicht einzuordnen. Ein Mensch stirbt nicht einfach so. Also sprach ich mit Sebastian darüber, und während er immer schweigsamer wurde, hegte ich den Verdacht, dass mehr hinter seinem Schweigen stecken musste. Ich fragte ihn gezielt nach dem Grund und sah ihm an, dass er sich innerlich auf eine Art Beichte vorbereitete. Dann begann er zu erzählen. Ich hörte zu, und stellte mir wieder einmal die Frage, wer zum Teufel er denn nun eigentlich ist, dieser Mensch, in den ich mich so sehr verliebt hatte. Ich hörte von seiner Organisation, von Beltheim, der sich immer mehr auf die Sache mit diesen Büchern

einließ, und einiges mehr. Jedoch fasste er sich ob meines noch sehr schwachen Zustandes recht kurz, versprach aber bei nächster Gelegenheit ausführlich zu berichten. Vielmehr wollte er dringend über etwas anderes reden. Die Überraschung schlechthin war die Information meines Arztes gewesen, das ich trotz allem noch immer guter Hoffnung war. Altmodisch ausgedrückt. Zuerst war ich verwirrt, glaubte an eine Verwechslung. Doch er meinte tatsächlich mich. Sebastian wusste das ja schon länger als ich, und er freute sich darüber. Seine Freude ging auf mich über und zerstreute meine Befürchtungen. Endlich beschloss ich, ihm ganz zu vertrauen, denn er hatte alles was ihm möglich war bereits organisiert. Auch meine Arbeit sollte ich aufgeben. Jedoch überließ er mir in all diesen Angelegenheiten stets das letzte Wort. Ich war meist einer Meinung mit ihm. Eines jedoch musste ich ihm verwehren, da ich heiraten damals wie heute als völlig sinnfrei erachte. Ich machte ihm den Vorschlag, unserem Kind unsere beiden Nachnamen zu geben. Darüber schmunzele ich noch immer, denn in Verbindung klangen sie zugegeben doch sehr albern.
Nachdem nun Trauer und Freude so nahe beieinander lagen, lernte ich von Neuem damit umzugehen. Die Lehren des Lebens, die uns immer wieder einholen, werden von Mal zu Mal leichter, doch kehren sie immer wieder zu uns zurück, bis wir sie freudig empfangen. Was doch nicht immer funktioniert. Zumindest nicht bei mir. Ich denke an Naemi stets mit einem lachenden und einem weinenden Auge. Was wäre nicht alles anders verlaufen, wäre sie nicht von uns gegangen?
Die Schwestern erzählten mir nach und nach, dass Sebastian beinahe die ganze Zeit im Krankenhaus verbracht hatte. Und auch, dass ich zweimal beinahe gestorben wäre. Da dachte ich an das seltsame Wesen, dessen Anwesenheit mich so glücklich gemacht hatte.

Als ich bei einem von Sebastians Besuchen ihm dieses Wesen schilderte, wurde er wieder einmal sehr still, nickte kurz und meinte, wir besprechen das ein andermal.

Sie liegt direkt vor meinen Augen. Direkt hier auf dem Metalltisch, nackt, jung und schön. Meine Gier danach sie zu töten steigert sich von Tag zu Tag. Ich halte mich an die Regeln. Reinigung - physischer Natur, Beschriftung und Positionierung im Tor. Heute zittern meine Hände nicht mehr so schlimm, als sie den ersten Tag hier war, hatte ich unglaubliche Mühe sie nicht gleich zu positionieren. Jedes mal, wenn ich sie ansehe, spüre ich die unbändige Lust, endlich zu tun, worauf ich schon so elend lange warte. Ich will ihre Seele, ich will ihren Körper für mich, für meine Zwecke. Ich will sie sterben sehen! Den Moment genießen, in dem sie ihr Leben aushaucht. Wohl wissend, dass sie ihre biologische Hülle nicht mehr beanspruchen kann. Ihr schweigendes Herz, dass ihr keinen Zugang mehr in diese Welt gewährt. Ihr Leib mein Eigen! Ihr Wille gebrochen! Sie hat keine Chance mehr mir zu entkommen, sie gehört mir. Ich spüre Hass, Liebe, Wut und diese endlose Gier nach Blut und Tod. Ich bin ein Meister, gekrönt von Menschenhand. Ich bin Rache, Leben und Leid zugleich. Mein Wert ist unermesslich, meine Macht unendlich. Ich entscheide über Leben und Tod. Ich erwähle, ich erhebe meine Opfer in den erlesenen Stand mir dienen zu dürfen! Kraft meines Geistes entsteht ein Tor zu anderen Welten! Ich bin auf gleicher Ebene mit Gott!

Es kostet mich Kraft, sie tagtäglich dort liegen zu

sehen und sie nicht zu töten. Morgen ist der Beginn der Beschriftung! Meine Handschrift mit dem Skalpell ist perfekt. Ich bin ohne Makel in der Ausführung. Wenn ich an all die Hundebesitzer denke, die ihr Vieh wahrscheinlich noch immer vergeblich suchen, muss ich lachen. Ich habe sie allesamt gegessen. Zwölf an der Zahl, eine wirklich gute Zahl. Drei mal die magische vier. Aller guten Dinge sind drei. Ich schaue in den Spiegel, den Spiegel dessen, was man mir angetan hat. Ich sehe in eurer biologischen Existenz nur die Bestätigung der Konkurrenz, ein Wesen mit Namen Luzifer, doch dieses elende Kind weilt in meinem Schatten! Gestern, als ich an Goethes Faust und seinen Mephisto dachte, wurde mir vor Verachtung schlecht, und ich kotzte die nächste Wand von oben bis unten voll.

Mephisto! Diese der Lächerlichkeit preisgegebene Zeit des Sturm und Drang. Sei herzlich eingeladen in meine Welt, mich zu begleiten in andere Welten, um mir zu holen was ich will! Tu was du willst, soll sein das ganze Gesetz, kein Gesetz wider Willen. Mein Wille ist bestimmend für unzählige Leben!
Ich hole dich ans allen Welten! Ich werde mir diejenige auswählen, die sich am meisten freut mich wiederzusehen. Du darfst dich glücklich schätzen um meine Liebe zu dir. Ich zerstöre alles um dich herum. Zu deinem Besten! Du wirst schon sehen! Du wirst von Dankbarkeit erfüllt dein wahres Leben an meiner Seite führen dürfen! Kleine Göttin, ich bin dein Schicksal. Und nur ich allein kann dich glücklich machen. Alles, alles was ich dir geben kann, wirst du zu deinen Füßen liegend vorfinden. Nimm es an, und du wirst verstehen, wirst mir vergeben und dankbar sein!
Ich gehe jetzt. Nach nebenan. Ich werde mein Opfer betrachten, stundenlang, wie ich es seit Wochen tue, und sie waschen wie jeden Tag. Ihr Überleben für die

letzten Tage sichern, den Countdown sichern. Ich könnte den ganzen Tag nur schreien vor Verlangen sie endlich zu töten! Jede Spritze, die ich ihr gebe ist wohldosiert. Ich bin der Meister der Selbstbeherrschung! Doch ich betrachte meine Hände und gebe mich meinen Phantasien hin! Ich habe sie unzählige Male erwürgt, erstickt, erstochen, aufgeschlitzt! Diese Bilder sind ach so herrlich! Ich fiebere dem Moment entgegen, in dem ihre Seele die Stätte des irdischen Daseins verlassen muss, weil ich es so will! Ich allein entscheide, willst du leben? Schön für dich. Ich will dass du stirbst! Ich will deinen letzten Atemzug auf meiner Wange spüren! Ich will dich berühren, zärtlich, das Beben meiner Hände unterdrückt bei der hohen Kunst deiner Beschriftung! Deine wunderschöne Haut, Leinwand für die Magie, soll meine Gier entfesseln, meine süße, kleine Melanie! Meine erste Säule des Tores! Kleiner Engel, wusstest du nicht, dass Engel nur Fleisch für den Meister sind? Nun weißt du es. Heute Nacht beginnt es, deine Erlösung vom irdischen Sein, deine Erlösung von deinen elenden Flügeln, die dich daran hindern sollen, deinen Geist allein über den Körper zu erheben! Ich gehe jetzt.

Sie ist soweit! Es ist soweit! Heute Nacht stirbst du endlich! Ich kotze vor Aufregung, bin fiebrig, ich will nicht warten, ich muss!

Als ich mich neben sie legte, mit der Kanüle in meiner Hand, war mir, als verschmelze ich mit ihr. Süße Melanie, ich nehme deinen Dank, mir dienen zu dürfen, an. Welch süße Erinnerung! Dein Körper in meiner Umarmung, dein Leben in meinen Händen und die Kälte deines Körpers, lassen mich erschauern! Mir ist, als vibrieren die Zellen meines Körpers. Meine Seele schwimmt in mir, ich fliege und schwebe und bin doch fest verankert. Ich habe deinen letzten Atemzug gespürt! Du gabst dich mir hin, zerflossen im Abgrund meiner gnadenlosen Güte, dein Leid hier auf Erden sein zu müssen, zu beenden! Du wurdest in mir wieder geschaffen, als neu entfachte Gier, und Lust! Auf deine Nachfolgerin! Noch nie war töten so wunderschön! So friedvoll, welch Ironie! Ich lebe von dir, deiner Energie, nun ist sie mein. Dein Leben war alles was du noch hattest! Und jetzt gehört es mir!

Ich betrachte mein Werk. Nie im Leben habe ich mich so eins mit mir selbst gefühlt. Gerade betrachte ich das Kreuz neben dir. Die Symbole heben deine Schönheit hervor! Nun bist du verherrlicht, verewigt in deiner Jugend, niemals wird der Prozess der biologischen Hülle deine Schönheit zerstören! Ich denke an meine kleine Göttin, schließe meine Augen und stelle mir vor, dir dieses Geschenk zu präsentieren! Ich spüre mich, meine Energie, deine Seele in mir. Ich will mehr!

Sebastian kletterte ein letztes Mal in die Fahrerkabine des LKWs und gab Eddie einen Umschlag. Sie verabschiedeten sich, und Sebastian sprang auf die Straße. Er sah sich um, soweit schien alles gut zu verlaufen. Er musste sofort ins Krankenhaus. Er wollte bei Sela sein, sie beschützen. Er nutzte den Eingang durch die Notaufnahme und sah gerade noch rechtzeitig die schwangere Frau, die weinend und schreiend auf einer Trage in Richtung Kreißsaal geschoben wurde. Er zuckte zusammen, als er sie erkannte. Es war Lavinia. Und sie hatte ihn entdeckt. Sie schrie seinen Namen, brüllte einen Pfleger an, gefälligst den Vater ihres Kindes zu holen, um gleich danach vor Schmerz aufzuschreien. Sebastian sträubte sich innerlich gegen diese Begebenheit. Doch er ließ zu, dass der Pfleger ihn am Ellbogen nahm und zu Lavinia hinführte. Die griff nach seiner Hand und drückte sie etwas zu fest. Sie jammerte immerzu, und Sebastian konnte dazwischen Worte hören wie:

„Ich liebe dich, ich tue das alles nur für dich, ich brauche dich!"

In plötzlicher Panik wollte er die Flucht ergreifen, seine Angst galt jedoch etwas anderem. Es war Mittwoch, der 25. Juli, viel zu früh für den Kleinen. Er würde Lavinia aufgeben müssen, denn er konnte nicht beide schützen. Solange der Geist noch nicht in seinem Körper verweilte, war Lavinia geschützt. Jetzt, sollte er zu früh das Licht der Welt erblicken, war sie nicht mehr zu retten. Sie würde zuerst geholt werden. Oder sterben. Sie tat ihm leid, doch mehr Gefühl brachte er nicht auf für sie. Sela war alles, was für ihn zählte. Also riss er sich los und sagte dem Pfleger, er würde hier warten. Der wiederum nickte verständnisvoll und so blieb Sebastian einfach stehen, während er leise vor sich hin sagte: „Leb wohl, Lavinia."

Er ging schnurstracks auf Station vier. Dort war gerade ein Arzt im Dienst, der seiner Organisation angehörte. Er würde ihm einen kleinen Gefallen tun müssen, oder auch mehrere. Im Schwesternzimmer angelangt, fragte er nach Dr. Mertens. Er musste allerdings beinahe vierzig Minuten warten, bis dieser endlich etwas Zeit für ihn hatte. Als Dr. Mertens kam, setzte er sich im Wartebereich neben ihn und fragte kaum hörbar:

„Warum bist du hier?"

„Sela Heldeisen. Ich muss zu ihr. Kannst du das arrangieren?"

„Ich nehme an, du bist mit ihr verlobt?"

„Aber sicher."

„Dann ja. Sonst noch etwas?"

„Dieses kleine Ding hier muss unentdeckt bleiben. Wie gründlich putzen sie hier?"

146

„Nur die Oberflächen. Nutze den Zugang, aber nicht den Schlauch, der wird gewechselt. Den Rest werde ich dann selbst übernehmen. Wie groß?"

Sebastian zeigte ihm den winzigen Sender, der als Schönheitsfleck hätte durchgehen können.

„Gut, unter dem Pflaster. Solange er meine Geräte nicht stört."

„War extra in Hamburg. Keine Sorge. Kann ich jetzt gleich zu ihr?"

„Ungern, wir sind gerade erst ihre Eltern losgeworden. Aber bitte, wenn die Sehnsucht denn so groß ist?"

„Viel größer. Du weißt dass sie adoptiert ist?"

„Wissen wir. Und du weißt vermutlich den Rest?"

„Richard Beltheim. Mutter verstorben."

„Der Bulle? Scheiße. Sonst noch was?"

„Hab ein Auge auf meinen Sohn. Wenn es irgend möglich ist, auch auf die Mutter. Lavinia Bender. Bewachung rundum."

„Seit wann hier?"

„Gerade eben eingeliefert."

„Herrje, sag mal, sehe ich unbeschäftigt aus?"

Sebastian schüttelte verneinend den Kopf. Dr. Mertens atmete tief durch, stand auf und ging voraus.

Ihr Anblick schockierte ihn. Mit Tränen in den Augen stand er vor ihr, nahm ihre Hand in seine beiden Hände und drückte sie liebevoll. Er schloss seine Augen und suchte Verbindung zu ihr. Als er sie gefunden hatte, fühlte er ihre Schwäche. Mittels seiner Gedanken sprach er zu ihr:

„Hey nocturna, ich bin hier. Ich kämpfe mit dir, für dich und gegen alles Übel dieser Welt. Nur bitte gib nicht auf. Hörst du? Bleibe bei mir! Dein Körper wird genesen. Du musst nur durchhalten. Ich bin nicht allein, wenn ich nicht auf dich aufpasse, tun es andere für uns. Du wirst rund um die Uhr bewacht. Was immer auch geschieht, vertrau mir. Hörst du? Vertraue mir!"

Er hielt die Verbindung, lauschte, und wartete. Endlose Minuten später nahm er endlich einen Gedanken von ihr wahr:

„Ich will nicht zurück."

Obwohl er wusste, was sie meinte, zerriss es ihm das Herz. Doch er gab nicht auf:

„Ich kenne diese Ebene. Ich weiß, was du jetzt fühlst. Aber wenn du jetzt gehst, dann ist es für immer. Ich liebe dich, verdammt! Und ich wünsche mir nichts sehnlicher, als dass du bei mir bleibst!"

Er weinte, denn Worte hatten hier nur beschränkt Wirkung. Die Entscheidung lag noch vor ihr. Er konnte nur warten, hoffen und so viel wie möglich bei ihr sein. Er sollte das nicht persönlich nehmen, denn diese eine Ebene hatte bei jedem dieselbe Wirkung. Sie alle wollten dort bleiben. Diesem Frieden, der sich anfühlte, als bestünde man aus nichts weiter als Licht, Freude und Liebe, war nur schwer zu widerstehen. Er musste darauf vertrauen, dass ihre Liebe stark genug war, um zu ihm zurück zu kehren. Vielleicht war sie das.

Er nahm sich zusammen, denn Trauer könnte sie davon abhalten bei ihm zu bleiben. Doch es fiel ihm sehr schwer, seine eigenen Gefühle so sehr zurückzunehmen. Schließlich überwand er großteils die zerstörerischen Gefühle und dachte an die wenigen Momente des Glücks, die sie beide geteilt hatten. Die Taxifahrt nach Hamburg, die Nacht bei Beltheim, die sie bei ihm gemeinsam ausklingen ließen. Es war nicht viel, immer wieder wurde ihm bewusst, dass es vielleicht nicht ausreichen könne, sie zu halten. Er verdrängte diese Angst immer wieder in die hinterste Ecke seines Bewusstseins. Als er merkte, dass er zunehmend erschöpfte, brachte er den Sender an Ort und Stelle und holte sich einen Stuhl. Sitzend schlief er irgendwann ein. Als eine ruhige Stimme ihn weckte, sah er benommen zu ihr auf. Eine Schwester sprach ihn an, ihn bittend, nun das Zimmer zu verlassen. Widerwillig ließ er sich aus dem Raum führen. Sie teilte ihm noch mit, er solle auf Dr. Mertens warten. Also ging er in den Wartebereich, setzte sich und lehnte seinen Kopf an die Wand. Ein letzter Gedanke ließ ihn eine kurze Nachricht an Davey schicken. Danach schlief er wieder ein. In seinen Träumen sah er sie, die Erinnerung lebendiger denn je, in jener Nacht bei ihm...

„Sebastian! Hey!"

Er stöhnte unwillig ob der Störung seiner Fantasie. Aber bereits im Begriff aufzuwachen, nahm er die Stimme Dr. Mertens wahr, die ihn immer wieder rief. Seine Augen langsam öffnend, registrierte er seinen Aufenthaltsort und war schlagartig hellwach. Was Dr. Mertens zum Anlass nahm, ihm seine linke Hand auf die rechte Schulter zu legen. Er hatte traurige Nachrichten für ihn.

Beltheim lag auf einer der Matratzen und konnte nicht schlafen. Er kämpfte mit seinen Gedanken, seinem Schicksal, und letztlich mit seinen Erinnerungen. Gerade jetzt hatte er die Möglichkeit, über alles nachzudenken. Niemals zuvor war er so sehr mit sich selbst beschäftigt gewesen. Es war neu für ihn. Und hielt ihn wach. So bekam er mit, dass jemand herein kam und Davey weckte. Dieser ging mit hinaus, hielt eine kurze Unterhaltung und kehrte zurück. Er ging zu Beltheim und fragte ihn:

„Sebastian lässt dich herzlichst grüßen, willst du sehen wie es Sela geht?"

„Natürlich. Aber wie?"

„Spezialsender. Komm mit."

Sie gingen hinüber in den hell erleuchteten Raum und setzten sich dort an einen Monitor. Zu sehen war nur eine Audiospur, aber dafür war fast alles zu hören. Davey gähnte, und meinte dann:

„Ihr Herz schlägt, wie du hörst. Sebastian schläft jetzt, hat er mir gerade mitgeteilt. In ein paar Minuten kommt noch jemand dazu und überwacht diesen Monitor. Wenn sich etwas ändert, weckt er uns. Gut?"
Beltheim wurde den Verdacht nicht los, das hier irgendetwas ablief, von dem er nichts wusste. Sein ungläubiger Gesichtsausdruck ließ Davey lachen, bevor er sagte:
„Dieser verdammte Hund hat wieder einmal mit Informationen gespart, wie? Der Vaterschaftstest wird dich glücklich machen. Sorry, aber wir wollen wissen, mit wem wir uns einlassen, auch privat."
Das war, gelinde formuliert, erschreckend schön für Beltheim. Erschreckend deshalb, weil ihm diese Organisation langsam unheimlich wurde, schön selbstredend des Inhaltes der Information wegen. Er lächelte bei dem Gedanken an seine Tochter, schloss für einen kurzen Moment die Augen und ging dann mit Davey gemeinsam zurück auf die Matratzen. Gegen vier Uhr morgens wurden sie geweckt.

*Ich war neugierig und zugleich wollte ich den Teil meines Lebens, in dem der Tod vorherrschte, vergessen. Doch es kam der Tag, an dem ich und Sebastian endlich in Ruhe miteinander reden konnten. Ich war soweit genesen, dass ich das Bett verlassen konnte um spazieren zu gehen. In Begleitung und nur für eine Stunde, aber immerhin. Wir fanden in der kleinen Parkanlage nahe des Klinikums eine freie Bank und setzten uns. Von sich aus fing er dann plötzlich an zu erzählen:
„Du weißt ja von unserer Organisation, aber die Ausmaße sind dir noch nicht bekannt. Wir achten auf

alles, mit wem wir Kontakt haben, und auch, wie weit dieser Kontakt uns gefährden könnte. Dazu überprüfen wir jeden, mit dem wir Kontakt wünschen. Keine Sorge, bei dir gibt es nichts, was mir Sorgen machen würde. Aber scheinbar weißt du selbst nicht annähernd so viel über dich wie ich. Ich kenne deine Eltern und deine biologischen Eltern. Deine Krankenakte, Führungszeugnis, Schulbildung, und ähnliches. Falls es etwas gibt, was du wissen möchtest, bezüglich deiner Eltern, gib mir Bescheid. Ich sehe Fragen in deinem Blick, schieß los."

Das waren seine Worte, deren Wirkung auf mich zuerst keine Reaktion zuließen. Doch dann legte ich los. So erfuhr ich, das Richard Beltheim in der Tat mein biologischer Vater war. Und auch, das er es nicht wusste. Meine biologische Mutter war bei meiner Geburt gestorben, recht jung, gerade mal sechzehn Jahre alt. Aus Scham gaben mich meine sehr katholischen Großeltern zur Adoption frei, mit der Begründung, mein Vater sei unbekannt. Die Familie meines Vaters versuchte ihr möglichstes, ihre Rechte durchzusetzen. Jedoch ohne Erfolg. Da mein richtiger Vater und dessen Familie nicht erfuhren, wer mich adoptierte, verloren sie mich gänzlich aus den Augen. Wie so etwas geschehen konnte, entging meinem Verständnis. Was die Realität jedoch nicht änderte. Also nahm ich diese Information erst einmal auf. Als nächstes sprach ich ihn auf seine Reaktion über meine Geschichte mit dem kleinen Wesen an, das mich während meines Komas besuchte. Er erläuterte mir seine Sicht der Dinge. Es sei wohl die Seele unseres gemeinsamen Kindes gewesen, die nicht nur bei mir war um auf die Geburt zu warten, sondern auch die Macht besaß, mich zu schützen. Er erinnerte mich an die Bücher mit den Ritualen. Dort standen ebenfalls solcherlei Informationen. Mein Kopf schwirrte bereits, aber ich wollte mehr wissen.

So erzählte er mir, dass ein Wesen aus einer parallelen Welt nach mir trachtete. Wie es schien, aus Liebe. Mehr hatte er nicht herausfinden können. Außer, dass auch Naemi diesem Wesen zum Opfer gefallen war. Diese Theorie verblüffte mich vollends. Das hätte schlicht bedeutet, dass all diese Frauen meinetwegen hatten sterben müssen. Ein grauenvoller Gedanke, den ich bis heute zu glauben verweigere. Obwohl der Täter niemals gefunden werden konnte, denke ich dennoch, dass er in der Welt zu finden ist, in der ich lebe. Alles andere verursacht mir Angstzustände. Das jemand mich in seine Welt holen wollte, war für mich eher science fiction denn ein Teil meiner Welt. Trotz der Bücher und Rituale. Seit diesem Tag wollte ich davon nichts mehr wissen.

Bis auf die letzte Etappe war noch einmal alles gut verlaufen. Ich wollte mit Sebastian glücklich sein, mich um unser Kind kümmern, und die schönen Seiten des Lebens genießen. Auch mit meinem Vater. Beinahe wäre es so gekommen. Aber nur beinahe. Mit Naemi war die Welt so einfach gewesen. Es gibt jedoch Dinge, die kann man selbst nach vielen Jahren nicht verstehen. Und darum geht es mir auch nicht. Ich sehe nur die Seite, auf der es völlig abartig und unnötig erscheint, was noch auf mich zukommen sollte.

Rotblondes Haar, schillernd wie Kupfer, herrlich anzusehen. Und dein Leben gehört mir. So wie deine zarte, weiße Haut. Ich berühre dich, fühle dich, und ich begehre dich. Ich giere nach deinem letzten Atemzug! Ich fühle mich herausgefordert. Ich diszipliniere mich. Ich warte. Ich genieße die Anspannung,
Das Warten auf deinen Tod, die Entfesselung meiner

grenzenlosen Macht sobald ich dein Leben in mich aufnehme! Oh, süße Irene, du duftest so wundervoll, nach Verheißung. Dein Anblick macht mich beinahe restlos glücklich. Ich warte. Die Zeit, die Zeit, ich bin vor Freude fiebernd seit Tagen wach. Unendliche Gier erfüllt mein ganzes Sein.

Heute ist es besser denn je. Ich habe geschlafen und gegessen. Meine ungezügelte Vorfreude auf den Tod meines zweiten Opfers erfüllt mich zutiefst. Ich fiebere dem Augenblick entgegen, doch über all dem stehst du! In zwei Tagen beginnt die Beschriftung der zweiten Auserwählten.

Ich denke gerade zurück an die Positionierung der ersten. Welch erschöpfendes Werk! Ich habe den Eingang durchbrochen, in der Mauer klafft nun ein Loch. Aber ich habe die einzelnen Mauerteile wieder aufgeschichtet. Niemand wird bemerken, dass hier einmal ein Spalt in der Mauer gewesen ist. Ich könnte mich dergleichen mehr rühmen, doch ist meine eigene Genialität ohnehin nach menschlichen Maßstäben nicht zu beschreiben. Mein Spiegel zeigt mir, wie sehr ich dich verdiene!

Ich empfinde wieder diesen herrlichen Rausch! Diese unbändige Lust, die bei der Beschriftung über mich kommt! Wie die erste erntest du meine liebevolle Aufmerksamkeit. Meine präzise Arbeit ist wie ein Streicheln für dich, ich kann es sehen! Leugnen wäre Lüge. Jede meiner Berührungen bereiten dir die Lust zu leiden, für nichts weniger, als mir zu dienen. Ich werde jetzt ruhen. Um morgen fortzufahren.

Sebastian sah in Dr. Mertens Gesicht und erkannte die Botschaft. Nur wusste er nicht, um wen es sich handelte. Sein Handy meldete just in diesem Moment eine Nachricht. Schnell las er sie, und verstand. Sein inneres Befinden schwankte zwischen Chaos, Trauer und Angst hin und her. Mit mühsam unterdrückten Tränen brachte er hervor:
„Kann ich sie sehen?"
„Wenn du unbedingt willst, klar."
Damit stand Dr. Mertens auf und ging wieder voraus. Sebastian konnte sein Empfinden nicht in den Griff bekommen. Sein Magen krampfte sich zusammen, sein Herz raste und er hatte das Gefühl zu ersticken. Endlich erreichten sie das Zimmer, in dem sie noch lag. Die Tür stand offen, Schwestern waren gerade zugange, auch diejenige, die Dr. Mertens auf dessen Wunsch hin informiert hatte. Dr. Mertens klopfte leise gegen die offene Tür und bat die Schwestern, für Sebastian eine kurze Unterbrechung vorzunehmen. Als Sebastian mit der Toten allein zurückblieb, nahm er ihre Hand in die Seinen, und suchte Verbindung. Kaum das er sie gefunden hatte ließ er seinen Tränen freien Lauf. In Gedanken sagte er zu ihr:
„Es tut mir leid. Aber bitte, ich bitte dich, nimm sie mir nicht weg! Ich weiß dass du sie noch immer liebst, und mich gerne leiden sehen möchtest. Aber bitte lass sie hier! Ich weiß, dass du jetzt gerade bei ihr bist, das ist wahrscheinlich der glücklichste Moment in deinem Dasein. Ich verstehe dich, glaube mir, aber nimm sie mir nicht weg!"
Beinahe hätte er die Antwort überhört, denn er weinte hemmungslos. Und er begriff nicht sofort, was sie sagte:
„Ich komme wieder."
Leise klang die Stimme in Sebastians Kopf nach. Es war Sela gewesen. Und sie hatte gesagt, sie würde wieder

kommen. Langsam begriff er die Bedeutung. Ihm wurde schwindlig vor Erleichterung. Er küsste Lavinias leblose Hand und dankte ihr. Noch ein paar Minuten nahm er Abschied, dann ging er aus dem Zimmer. Die Schwestern waren gerührt ob seiner Trauer, und eine klopfte ihm freundlich auf die Schulter. Sebastian begab sich zum Kaffeeautomaten und erstand nebst dem Kaffee noch ein paar Schokoriegel. Damit begab er sich wieder in den Wartebereich der Station vier. Eine Nachricht an Davey, und er machte sich über seinen Imbiss her. Dr. Mertens kam den Flur entlang, blieb in Sichtweite stehen, und winkte ihn zu sich. Er führte ihn in ein separates Zimmer, das die Ärzte nutzten um sich auszuruhen. Als sie beide saßen, meinte Dr. Mertens: „Ich weiß ja nicht, was gerade passiert ist. Aber deine <Verlobte> scheint über den Berg zu sein. Wir können sie noch nicht aufwachen lassen. Aber sie wird es schaffen. Die gestrige Kontrolluntersuchung sah da nicht so rosig aus. Und dein Söhnchen macht sich auch ganz prima. Er muss noch eine ganze Weile hierbleiben, aber er wird ein strammes Kerlchen werden. Wie auch immer, ruhe dich hier etwas aus. Ich mache jetzt Feierabend. Das heißt, ich bin dann für die nächsten sechs Stunden privat. Danach sollten wir fit sein. Ich bleibe hier, nur für alle Fälle. Allerdings gehe ich noch mal schnell wohin."

Sebastian brachte ein dankbares Lächeln zustande. Doch er wusste, dass Sela nicht außer Gefahr war. Das Ritual war darauf ausgerichtet einen Menschen in eine andere Welt zu holen. Da Lavinia tot und offensichtlich nicht transferiert worden war, konnte es sich nur um Sela handeln. Sie war diejenige, die geholt werden sollte. Zu gern hätte er gewusst, wer sie so sehr bei sich haben wollte, dass er sogar tötete. Er kannte beinahe lückenlos ihre Vergangenheit, und doch konnte er sich darauf keinen Reim machen. Bis auf einen stillen Verdacht, aber er hütete sich davor diesen Gedanken zu verfolgen. Sela könnte auf der Ebene, auf der sie sich gerade befand, alles wahrnehmen was er dachte. Er wollte sie nicht wissen lassen, was sie vielleicht erwartete, denn er hoffte auf den Überraschungsmoment. Dieser könnte aus psychologischer Sicht für eine spontane Abwehr nützlich sein, und ihm helfen, sie zu beschützen. Der Moment der Entscheidung war das einzige das ihn zweifeln ließ, ob er sie würde halten können. Er wusste ja nicht wirklich, gegen wen er ankämpfen sollte. In diesem Moment vibrierte sein Handy. Es war Davey, also nahm er das Gespräch an. Sein Freund fiel mit der Tür ins Haus:

„Was war los mit ihr?"

„Lavinia ist gerade verstorben. Ich vermute dass sie bei ihr war. Allerdings hat Sela sich entschieden hier zu bleiben. Könnte eventuelle Unregelmäßigkeiten erklären. Bei euch alles klar?"

„Beltheim dreht gelegentlich am Rad. Aber sonst alles geregelt. Wie geht's dir?"

„Beschissen, wie sonst. Ich hau mich hin. Mein Handy schalt ich wieder auf laut, falls was ist klingelst du solange an bis ich rangehe!"

„Heute ist der 26. Juli. Nach den Berechnungen sind noch mindestens zwei Wochen bis zum Countdown. Der zwölfte ist noch ein paar Tage weiter. Glaubst du wirklich, dass du sie bis dahin nonstop überwachen musst?"

„Ja."

„Gut. Soweit läuft hier alles. Falls du was brauchst, lass es mich wissen. Besonderheiten?"

„Mertens ist nicht eingeweiht. Deshalb brauch ich jemanden vorm Eingang. Und sag Cat dass sie herkommen soll."

„Psychologische Kriegsführung, wie?"

„Stille Post und Narrenkappe. Ich will mit ihr was

durchgehen."

„Wird erledigt. Feuer frei!"

„Hör mal, ich hab Beltheim nichts gesagt."

„Aber ich. Keine Sorge, er ist hocherfreut über sein neues Amt."

„Vergiss nicht den Posten. Und hör auf zu altern. Ich brauch dich noch länger."

„Geht klar. Ich dich auch."

Sebastian hatte zwar Angst davor, jetzt einzuschlafen, doch er fürchtete sich viel mehr davor, nicht im richtigen Moment fit zu sein. Also legte er sich hin, schloss die Augen und wartete. Die Tür wurde geöffnet und Dr. Mertens trat auf leisen Sohlen ein. Auch er legte sich schlafen.

Nachdem Davey Beltheim nun präzise über Sela ins Bild gesetzt hatte, kontrollierte er die Nachrichten eingegangener Anrufe. Einer davon machte ihn stutzig. Es handelte sich um ein Mitglied der Organisation, dessen Spezialgebiet elektromagnetische Wellen war. Er erzählte einen halben Roman, der wichtigste Hinweis war jedoch, dass sich an demjenigen See, in dem die Frauenleichen gefunden worden waren, zwischen expliziten Stellen ein elektrisches Feld aufgebaut hatte. Dieses blieb seit Tagen beinahe konstant. Das war sehr ungewöhnlich. Davey nahm sich die Emails vor und fand auch hier entsprechende Informationen, Messwerte und Bilder von ihm. Er rief nach Beltheim und fragte ihn nach den genauen Fundorten der Leichen. Nachdem Beltheim seinerseits Davey genau ins Bild gesetzt hatte, stand fest, dass die Fundorte exakt die Grenze des elektrischen Feldes markierten, nur das die entgegengesetzt gepolten, spannungsführenden Leiter fehlten, die sich eigentlich gegenüberliegen sollten, um ein elektrisches Feld zu erzeugen. Davey wiederum verstand jetzt, was Sebastian dazu veranlasst hatte, nach Berlin zurückzukehren. Er hatte mal wieder mehr gewusst als geredet. Davey schickte noch eine Mail raus, die ein paar mehr Posten nach Berlin beorderte, und rief bei Cat an. Als sie abnahm war sie etwas pikiert, ob der Störung, aber Davey fackelte nicht lange:

„Pass auf, Cat, Sebastian braucht dich. Fährst du bitte nach Berlin, A-K schicke ich dir. SPN, wird interessant für dich."

„Was ist passiert?"

„Ihm nichts. Aber das wird sich ändern."

„Wann?"

„Sofort."

„Mal ganz ehrlich, wenn Sebastian die nicht heiratet, bring ich ihn um."

„Ach Cat, übrigens, diese Sache ist bereits ein Jahr alt."

„Die? Na endlich, das erklärt so manches. Seit zwei Wochen ungefähr?"

„Bingo. Bitte sei nicht zu grob, er liebt sie wirklich."

„Ist mir wuppe. Ich habe eigentlich Urlaub."

Damit legte sie auf. Davey war einigermaßen beruhigt, denn er wusste, das Cat Sebastian zur Seite stand.

*Es war Anfang Dezember, und ich hatte mir mit Sebastian ein neues Leben aufgebaut. Die Zeit war gnädig zu mir gewesen. Ich begann das Leben zu genießen, und wir hatten bereits einen Namen für unseren Sohn ausgewählt. Wir wollten ihn Adrian nennen.

Etwa zu dieser Zeit begann ich zu träumen. Dieselben Träume, wie Naemi ein Jahr zuvor. Das machte mir Angst. Ich fühlte mich dadurch verwundbar. Und ich fing an, meinem eigenen Rat zu folgen und schrieb alle meine Träume auf. Beim Vergleich mit Naemis

Traumbucheinträgen fielen mir einige Gemeinsamkeiten auf. Ich wandte mich an Sebastian. Er war nach den ersten Worten, die ich ihm erzählte, sehr ruhig und nachdenklich. Sein Verhalten war mir nicht unbekannt, ich wusste schon was nun folgen würde. Er setzte sich an seinen PC und legte los. Zwischendrin telefonierte er. Kurze Zeit später kamen Dave und Damian vorbei, zwei Mitglieder seiner Organisation. Die beiden waren absolute Computernerds und redeten in einer Sprache, die ich zwar hin und wieder als deutsch wahrnahm, doch alles in allem konnte ich sie nicht verstehen. Zu viele Fachbegriffe waren mir gänzlich unbekannt. Ich ließ sie deshalb unter sich. Sie redeten stundenlang, Dann kam Sebastian zu mir ins Wohnzimmer und setzte sich neben mich auf die Couch. Er umarmte mich und hielt mich lange fest. Ich löste mich aus seiner Umarmung und sah ihn an. Er sah die Sorge in meinem Blick. Leise teilte er mir mit, das die Sache mit den parallelen Welten noch nicht ad acta gelegt werden könne. Darauf sagte ich ihm, dass ich nichts davon hören will. Da er wohl davon ausgegangen war, bei mir auf Widerstand zu stoßen, nahm er mich bei den Schultern und sagte mir sehr eindringlich, ich stünde ab sofort unter Bewachung. Zuerst lachte ich schallend, doch dann erkannte ich, dass er es ernst meinte. Ich glaube, ich bin in diesem Moment sehr blass geworden. Denn er nahm mein Gesicht in seine beiden Hände und küsste mich zärtlich. Als unsere Lippen sich trennten, meinte er, ich solle mir keine Sorgen machen, denn er würde nicht zulassen, dass mir oder unserem Sohn irgendetwas zustoßen könne. Doch die Angst in mir blieb. Zurecht.

Ihre Schönheit ist meinem Ziel gerecht. Süße Helena, da liegst du nun, betäubt vom Heroin, weder tot, noch lebendig, dahin dämmernd in deinen traumähnlichen Zuständen, ausgelöst durch die perfekte Mischung mit den Essenzen der Mandragora. Meinem Willen unterworfen, wie ich diese Macht liebe! Dieser Genuss, dein Leben in meinen Händen zu wissen! Wenn du nur sehen könntest, welche Mühe ich mir gebe, deine Symbolik zu verewigen, mit welch grandioser Perfektion ich dir so geduldig deine Runen einritze...

Ich bin erschöpft, und doch kann ich nicht aufhören. Der Plan verlangt für heute die Komplettierung der vorderen Seite. Doch ich kann nicht umhin, meine überschäumenden Gefühle schriftlich festzuhalten. Es macht mich so unendlich glücklich in nur zwei Tagen endlich wieder einen letzten Atemzug zu spüren, in dem wundervollen Wissen, meinem geliebten Engel wieder ein Stückchen näher gekommen zu sein!

Ich konnte ihn diesmal auf die Sekunde genau vorhersehen, den ach so kurzen Moment deines Todes. Nie hatte ich auch nur eine leise Ahnung davon, was für ein unwahrscheinlicher Genuss es ist, diesen Augenblick zu erleben! Noch in dieser Stunde werde ich den Spalt in der Mauer wieder freischaufeln und dich deiner Bestimmung zuführen!

Morgen Nacht werde ich Nummer vier zu mir holen. Deine kleine Freundin Lillith, sie wird leider deine Beerdigung verpassen. Denn sie wird sich in meinen Händen befinden, meiner grenzenlosen Macht unterworfen sein, so wie du es warst. Ich nehme deinen Dank an. Dein Leben ist umso wertvoller geworden, da du für diesen Ritus erwählt wurdest. Dein Geist gefangen in meiner Magie, die Energie wird sich bündeln, sobald die vierte den Bund betritt. Ihr alle werdet mir das Tor öffnen, und mein geliebter Engel wird hindurch treten um mit mir vereint zu sein!

Cat betrat das Krankenhaus und las noch einmal die SMS von Sebastian. Station vier, ausgerechnet. Sie begab sich zum vereinbarten Treffpunkt und fiel aus allen Wolken, als sie Sebastian sah. Er war abgemagert, blass und hatte tiefe Augenringe. Seine Umarmung zur Begrüßung war kraftlos. Also beschloss sie ihn aufzupäppeln. Ihr Tonfall duldete keinen Widerstand: „Wir beide gehen jetzt essen. Danach suchen wir ein Hotel, schicken einen deiner gefühlten hundert Posten in deine Wohnung und sorgen für Nachschub an Kleidung. Sag du Davey Bescheid, ich organisiere den Rest. Na los!"
„Lass mich Mertens noch Bescheid geben. Sonst krieg ich Panik."
„Das einzige was du noch kriegst, ist ein Schlafmittel."
„Haha."
Sebastian zog los, um Dr. Mertens zu informieren, was nicht allzu lange dauerte. Cat hakte sich bei Sebastian ein und führte ihn zum Eingang der Cafeteria hinaus, da hier das hohe Aufkommen von Patienten und Besuchern zu dieser Tageszeit den größten Schutz vor Entdeckung bot. Allerdings bemerkten beide keinen verdächtigen Wagen, oder Personen, die ihnen folgten. Sie waren offensichtlich unbeobachtet, doch es gab keine Garantie dafür. So fuhren sie mit einem Taxi in ein nahes Hotel, nahmen sich ein Zimmer und bestellten beim Zimmerservice. Sebastian ging zu aller erst in die Wanne. Seine Gedanken kreisten nur noch um eines: Sela. Das Tor war mit an Sicherheit grenzender Wahrscheinlichkeit am zwölften Juli geöffnet worden. Ab diesem Zeitpunkt war es dem Mörder aus einer

anderen Welt möglich, sie zu holen. In ihrem Zustand würde das unwiderruflich ihren Tod bedeuten. Da nun mittlerweile der 28. Juli elf Stunden zählte, verblieben noch fünfzehn Tage, dann war die Zeit gekommen, dieser 12. August war der letztmögliche Tag, an dem die Energie am höchsten und das Tor am weitesten offen war. Wie zum Teufel sollte er vorher an diesen einen verfluchten Menschen herankommen, der sein Glück für immer zerstören wollte? Doch wie sehr er sich auch den Kopf zerbrach, dieser Weg war aussichtslos. Er musste in seiner Welt bleiben, die Zeit war zu knapp um auf diese Weise vorzugehen und zudem war ein solches Unternehmen auch viel zu gefährlich. Als er aus dem Badezimmer kam, war das Essen bereits da, und Cat saß lesend auf dem Bett. Sie legte das Buch beiseite und sagte:

„So mein Süßer, unter zweitausend Kalorien lasse ich dich nicht schlafen. Und ohne Schlaf lasse ich dich nicht mehr zurück ins Krankenhaus. Also, guten Appetit."

Schweigend setzte sich Sebastian neben sie aufs Bett. Seine Augenlider waren geschwollen, Cat ahnte bereits, dass es schwer werden würde, ihn zum essen zu bringen. Doch sie hatte noch etwas anderes parat:

„Also jetzt mal ganz ehrlich, wenn du so antrittst, ist sie verloren."

Er schloss die Augen für einen kurzen Moment, dann stand er auf und holte sich eine gute Portion des Pastagerichtes. Zurück auf dem Bett begann er zu essen. Als er ihren Blick bemerkte, sagte er zwischen zwei Bissen:

„Sag jetzt ja nicht, das du stolz auf mich bist. Mir wird nämlich gerade schlecht."

„Bin trotzdem stolz auf dich. Bis heute Abend wird patrouilliert, ich wecke dich um zwanzig Uhr und bringe dich höchstpersönlich ins Krankenhaus. Dort werden wir dann über alles reden. Teller Nummer zwei, bitte."

„Sorry, Magen meldet overkill."

„Ich hätte da noch eine Tafel Schokolade, fünfhundert Kalorien."

Sebastian fiel rücklings aufs Bett und grinste:

„Du bist unmöglich. Hau her."

Strahlend zog Cat die Schokolade aus einer ihrer Tragetaschen und reichte sie ihm. Kaum war der letzte Bissen vertilgt, hüpfte sie vom Bett und zog sich ihre Schuhe an. Beim hinausgehen sagte sie noch:

„Ich treffe mich mit Ray, zwecks lückenloser Aufklärung und weiterführenden Infos. Dein Handy ist noch am Laden. Gute Nacht."

„Hör auf zu altern."

„Gern geschehen!"

Schon war er eingeschlafen. Cat klebte noch einen vorbereiteten Zettel innen an die Tür, der Sebastian darüber informieren sollte, dass diese Tür erst wieder zur Weckzeit geöffnet werden würde. Außer im Notfall natürlich. Aber sie konnte sich nicht vorstellen, dass er bis dahin überhaupt aufwachen würde. Sie schloss ab und machte sich auf den Weg in die Hotelhalle. Ray wusste über Sela und den Ritus nicht allzu viel. Aber dafür umso mehr über diejenigen, welche nach diesen Büchern und allen, die von ihnen wussten, suchten, um sie auszulöschen. Cat hörte sich alles an, zog ihre Schlüsse daraus, und konnte sich nun besser vorstellen was Sebastian vorhatte. Begeistert war sie davon nicht. Sie kannte seine telepathischen Fähigkeiten. Doch sie fürchtete, dass er sich dabei in Gefahr begab. Es verblieb nicht mehr viel Zeit, sie musste dafür sorgen, dass er ausreichen aß und schlief. Außerdem war ihr jetzt auch klar, was er brauchte. Das Verfahren <Stille Post und Narrenkappe> war darauf ausgerichtet verdeckte Suggestion auszuüben. Auf einer Ebene, die sie selbst nicht beeinflussen konnte, war Sebastian also auf sich allein gestellt. Sie würde zu tun haben, ihn in so kurzer Zeit auf die Denkweise eines Mörders einzustellen. Auch für eine Psychologin eine absolute Herausforderung. Sie riskierte einen vorsichtigen Blick auf ihre Uhr. Erst fünfzehn Uhr dreißig. Was bedeutete, dass sie noch etwas Zeit hatte, sich einen Schlachtplan auszudenken. Sie kramte in ihrer Tasche und zog einen Notizblock und einen Kugelschreiber hervor. Ray verabschiedete sich, und Cat legte los. Der zentrale Gedanke ihrer ersten Überlegung war der, dass ein Mensch, der sich dazu entschloss, für ein Ziel zu töten, ein schweres Trauma erlitten haben musste. Also war eine absehbare Handlungsweise dieses Mörders gegeben. Das Ziel war es, Sela als Ersatz in eine andere Welt zu holen. Wer auch immer es war, für denjenigen bedeutete es, dass Sela für ihn mit der verlorenen Person identisch war. Er machte keinen Unterschied. Eine gewisse Naivität konnte sie auch in der wahnwitzigen Idee vorfinden, einen Ritus für eine völlig ungewisse Zukunft zu befolgen, und sogar zu töten. Es gab also bereits wichtige Punkte die man nutzen konnte. Des weiteren war eine Aggressionsverlagerung zu vermuten, wobei die Person, die das Trauma ursprünglich ausgelöst hatte, vermutlich weiblich war. Es war jedoch fragwürdig, ob und inwiefern dieser Mörder Befriedigung beim Töten als solches empfand. Oder ob es eher das Ziel war, das ihn antrieb. Scheinbar war, ihrer Überlegung nach, das Trauma des Verlustes massiv an das Wiedererlangen der Situation vor dem Trauma gebunden, um eine Art < Wiedergutmachung > zu bewirken. Hier gab es in der Tat einen Weg der <Stillen Post>, doch auch wenn Cat noch so viel Achtung vor Sebastians Fähigkeiten hatte, die <Narrenkappe> würde bedeuten, sich als die Person zu zeigen, welche das Trauma zu verantworten hatte. An zwei Fronten gleichzeitig zu kämpfen war keine so gute Idee. Sie notierte noch einige weitere Überlegungen und ging noch einen Kaffee trinken. Immer wieder fielen ihr noch andere Strategien ein, die sie allesamt notierte. Als sie das nächste mal auf ihre Uhr sah, war es doch schon neunzehn Uhr dreißig. Sie packte zusammen und begab sich zurück zu ihrem Zimmer. Nach dem Öffnen der Tür fiel der erste Blick auf das Bett. Sebastian saß bereits fertig angezogen und im Schneidersitz darauf. Irgendwie überraschte sie das nicht:

„Guten Abend, hast du gegessen?"

„Ja, du hast mir dabei zugesehen. Ich gehe jetzt zu Sela. Du kannst mitkommen, wenn du willst."

„Ah, der Herr ist ausgeruht und klingt schon wieder ganz wie der alte. Ich komme mit. Aber wir werden uns eine Pizza besorgen müssen. Ich hab eine Menge Kalorien verbraten. Und zwar beim Nachdenken über dein Vorhaben mit dem < SPN >. Also jetzt mal ganz ehrlich, wenn du das schaffst, mach ich höchstpersönlich einen auf Trauzeugin."

„Spar dir die Mühe, Sela hält nichts vom Heiraten. Und jetzt komm."

„Gern geschehen."

Sebastians Blick verriet mühevolle Selbstbeherrschung. Cat dachte sich nichts dabei. Sie kannte ihn schließlich lange und gut genug. Wenn er sie um Rat bat, war das so etwas wie eine persönliche Auszeichnung. Also machten sie sich gemeinsam auf den Weg ins Krankenhaus, aßen auf dem Weg, den sie zu Fuß zurücklegten, um etwas Bewegung zu haben, noch eine Pizza und gingen dabei schon einmal Cats Überlegungen durch. Sie hatte ins Schwarze getroffen. Sebastian hatte genau das vor, was sie vermutete.

Auf Station vier war Dr. Mertens gerade nicht im Dienst. Aber die Schwestern wussten Bescheid und Sebastian ging erst einmal zu Sela. Sie lag noch immer da wie tot.

Er berührte sanft ihr Gesicht, empfand Erleichterung als er bemerkte dass es warm war. Dieses Gefühl, und die Tatsache, dass es ihm selbst etwas besser ging, ließ ihn Hoffnung schöpfen.

Beltheim war außer sich, Untätigkeit und die Situation an sich machten ihn wahnsinnig. Seit Tagen beschränkten sich seine Tätigkeiten darauf, sich zu verstecken, einen Bildschirm anzustarren und den Machenschaften dieser Organisation zu lauschen. Sein Handy war seit dem Tag des Aufbruchs aus. Er hatte auch keine Lust es anzuschalten. Die Probleme, die sich angesammelt hatten, wollte er jetzt nicht bearbeiten. Im Begriff, der Raserei zu verfallen, wandte er sich an Davey:

„Pass auf mein Bester. Das alles hier ist ja schön und gut. Aber ich habe wahrlich keinen Bock, noch länger zuzusehen, wie die Dinge sich entwickeln. Ich nehme noch heute den Zug nach Berlin und informiere meine Kollegen."

Davey fiel ihm ins Wort:

„Du tust nichts dergleichen. Die Polizei kann hier nichts tun. Es sei denn du informierst die Kollegen in der anderen Welt. Warum vertraust du uns nicht? Sebastian liebt Sela, er wird alles für sie tun, auch wenn er selber dabei drauf geht. Das ist so sicher wie das Amen in der Kirche. Also was willst du noch?"

„Ich will verhindern, dass jemand aus dieser Welt noch einmal versucht sie umzubringen. Ende der Debatte."

„Nichts da. Ein Wort über unsere Organisation zu deinen Kollegen und wir können Sela nicht mehr helfen. Oder sonst irgendwem. Die einzige Möglichkeit ihr Leben zu retten liegt bei uns. Basta!"

Beltheim zog sich bereits an, als er sah, dass Davey ebenfalls nach seinen Schuhen griff. Verdutzt fragte er:

„Was soll das?"

„Na glaubst du etwa, ich lasse dich Hitzkopf allein

zurück fahren?"

„Red keinen Scheiß. Du willst genauso sehr zurück wie ich."

„Nein. Mindestens doppelt so sehr. Mach schon."

Ein kurzes Wort an den Schweden und sie waren auf dem Weg hinaus.

Am Bahnhof angekommen kauften sie sich jeder ein Ticket. Wartend saßen sie in der Halle und gaben sich schweigend ihren Gedanken hin. Bis sie im Zug saßen, verging über eine Stunde. Das Abteil, in dem sie saßen, hatten sie für sich. Diesen Umstand nutzten sie für ein Gespräch. Beltheim begann:

„Wie alt bist du eigentlich?"

„Ich bin achtundzwanzig. Sebastian ist sechsundzwanzig. Und du hast eine Tochter, die dreiundzwanzig ist. Also bist du, nachdem du achtzehn warst, als du sie gezeugt hast, etwa Anfang vierzig."

„Wie lange bist du schon in deiner Organisation?"

„Seit zehn Jahren. Ich bin allerdings eine seltene Ausnahme. Mein Bruder und ich haben durch Wettbewerbe für Programmierer auf uns aufmerksam gemacht. Diese Organisation schickte uns jemanden, einen Psychologen, der uns vorsichtig aushören sollte. Wir waren sofort interessiert. Sebastian ist seit vier Jahren dabei. Er hat einige sehr stark ausgeprägte Fähigkeiten in Sachen Telepathie, Telekinese und so weiter. Außerdem hat er Psychologie studiert. Er ist alles in allem ein wahrer Gewinn für uns."

„Ich habe nicht nach ihm gefragt."

„Deine Tochter ist mit einem Genie zusammen. Du solltest nach ihm fragen."

„Ach, dann haben sich ja zwei gefunden, die sich das Wasser gegenseitig reichen können."

Davey lachte in sich hinein. Beltheim interpretierte das richtig, denn ihm ging auf, das er Sela verteidigte. Und obendrein war die Vorstellung zweier Menschen, die

167

sich gegenseitig Wasser reichten in diesem Moment des unterdrückten Stresses irgendwie komisch. Beltheim fragte aus ernstgemeintem Interesse heraus:

„Sag mal, haben alle aus eurer Organisation einen Fimmel für schwarze Klamotten und lange Haare? Also bis jetzt habe ich nicht viel anderes gesehen."

„Naja, das ist so: Sebastian, mein Bruder und ich, dann Ray und Mortem, dass sind diejenigen unter uns, die der schwarzen Szene entsprungen sind. Frag Sela, schwarze Haare, schwarze Kleidung, Mantel, Stiefel und so weiter. Wir sind deswegen keine Satanisten. Oder sonst was. Wir sind anders."

„Also Gothics, oder Grufties, oder wie das heißt?"

„Bitte keine Titel. Wir sind anders. Und wir haben einen guten Geschmack, was Musik anbelangt. Nichts weiter."

„Gut. Und ihr nehmt also keine Drogen?"

„Wie ich dir schon einmal sagte, wir leben gern. Jeder auf seine Weise. Sebastian ist hin und wieder wegen seiner Fähigkeiten etwas überlastet. Manchmal schaltet er sich auf diese Weise einfach selber ab. Aber er ist weder süchtig, noch gefährdet."

„Was passiert denn jetzt eigentlich, wer genau sind die Arschlöcher, die meine Tochter erledigen wollen? Ich will Namen, Bilder, Adressen."

„Langsam, mein Bester. Du kriegst alles. Nach dem zwölften August. Dann ziehen wir uns vollständig zurück, und du kannst eine Menge Leute verhaften. Sie werden nichts von uns verraten, denn wir haben sie in der Hand. Wir besitzen sehr viele Informationen über begangene Straftaten, es reicht aus, um ein Schlachtfest ungeahnter Ausmaße zu feiern. Du wirst rehabilitiert, keine Sorge. Außerdem brauchen wir dich als Überraschung. Für den Fall, dass wir jemanden von denen im Krankenhaus entdecken. Eigentlich wollte ich noch ein paar Tage warten, aber jetzt fahren wir eben früher zurück."

„Du hast das <Gott sei Dank> vergessen."

„Nein, dem hab ich nichts zu sagen, weißt du. Aber ich danke dir."

„Schön."

„Und jetzt lass und einmal darüber reden, mein Bester, was Sebastian vorhat. Er ist der Überzeugung anheim gefallen, dass der zwölfte August der gefährlichste Tag für Sela ist. Du weißt ja bereits, warum. Was unsere Aufgabe dabei ist, erkläre ich dir mal eben im Detail."

*Sebastian wollte nur für kurze Zeit außer Haus. Damian erzählte mir, in verständlichem Deutsch, von den anderen Welten. Ich wollte mir das nicht anhören, doch er reagierte gar nicht auf meine Einwände. Doch bei einem wurde ich doch stutzig. Es galt die Frage zu klären, ob denn der Tod einer Person in einer Welt zwangsläufig den Tod der gleichen Person in einer anderen Welt nach sich zog. Ob Sebastian deshalb so besorgt war? War mein anderes ich in einer anderen Welt gestorben? Dieser elende Scheiß zog mich nur unnötig runter. Ich hatte keine Lust mehr darauf. Aber Damian meinte, er fürchte nicht um mich, sondern um mein Kind. Er sagte das gerade in dem Moment, als Sebastian zur Tür herein kam. Wütend maulte er Damian an, dass er gefälligst die Klappe halten soll. Jetzt war ich neugierig, und bat um Aufklärung. Aber ich bekam keine, denn genaueres wollte Sebastian angeblich nicht wissen. Ich dachte mir damals schon, dass er log, aber aus irgendeinem Grund vertraute ich ihm in dieser Sache. Schließlich hatte er mir nach meinem Koma erzählt, dass ich am vierten und am achten August beinahe gestorben wäre. Ich weigerte ja mich zu glauben, dass ich in eine parallele Welt entführt hatte werden sollen. Und das die Seele unseres Sohnes mich vor diesen Übergriffen geschützt hatte. Doch wenn diese Seele mich beschützt hatte, wie konnte dann ihr etwas gefährlich werden? Das war mir irgendwie unverständlich.

Als wir am Abend im Bett lagen, fragte ich ihn danach. Sein tiefes Durchatmen verriet mir, dass er eigentlich nicht willig war, jetzt darüber zu reden, also schwieg ich. So konnte er in aller Ruhe überlegen, wie viel er mir denn nun wirklich erzählen wollte. Und dann fing er an zu reden, über meine Fragen und seine Vermutungen. Er hatte Berichte gelesen, über ähnlich verlaufene Fälle, derer zwar nur zwei, aber auf verschiedenen Kontinenten. Also konnten zwei Menschen nicht ohne Absprache dasselbe sagen, es sei denn, es ist die Wahrheit. In beiden Fällen also schlugen die Übergriffe fehl, als die Frauen schwanger waren. Nach einiger Zeit gab es jedoch Übergriffe auf die Seelen der erwarteten Kinder. Deshalb sei er in Sorge, und bezog das im Wesentlichen auf den Zeitpunkt. Und der war in beiden Fällen der Beginn des sechsten Schwangerschaftsmonats gewesen. Bis dahin hatten wir also noch zwei Wochen.

Nun liegt die letzte vor mir, ich stehe so kurz vor dem langersehnten Ziel! Ich weine bei deinem Anblick, nach so vielen Jahren kommt dir die wichtigste Bedeutung zu! Heute zum ersten mal wasche ich deine körperliche Hülle, sanft und ohne Eile, mit Rosenwasser, wie deine Vorgängerinnen. Von nun an wirst du jeden Tag mein Herz aufs Neue erfreuen. Bis ich dich beschrifte und aussende, meiner Bestimmung zu dienen. Was für ein Glück du doch hast!

Nun habe ich beinahe alles getan um dieses Tor zu öffnen. Dein letztes Zeichen ist gesetzt. Ich bin müde, erschöpft und habe seit Tagen nichts mehr bei mir behalten. Es ist diese unbändige Freude auf dich, mein über alles geliebter Engel! Nur noch diese eine Nacht, und ich öffne das Tor zu den Welten in denen du noch lebst! Nur so werden wir unbeschwert unsere gemeinsame Zeit genießen können! Ich werde die Welt mit dir neu erleben, neu entdecken!! Ich könnte Platzen vor Tatendrang, ich begebe mich schon morgen Nacht zum ersten Mal in das geöffnete Tor und lerne den Übergang in parallele Welten. Die Anleitungen sind präzise. Und die Warnungen vielfältig. Doch ich nehme alles in Kauf um dich wiederzufinden. Das letzte Kapitel wurde nicht für mich geschrieben, ich werde dich holen! Du wirst mein sein!

Es war der letzte Atemzug des letzten Opfers. Ich habe noch die Positionierung vor mir, dann werde ich den ganzen Tag über schlafen. Wir haben heute den zwölften Juli, ich halte mühsam meine Augen offen. Ich nutze die letzten schützenden Stunden der Nacht, um der umherstreifenden Polizei zu entgehen. Diese Idioten gehen jetzt regelmäßig Streife um den See. Solange wie sie brauchen um einmal herum zu gehen, habe ich trotzdem ausreichen Zeit. Scheinbar glauben sie, ich hätte Angst bekommen...doch davon können sie nur träumen. Sie wissen ja nicht wer ich bin! Mein eigener Glaube an mich selbst wird mich vor allem schützen.
Ich habe errechnet, dass die Stärke des Tores am 4., 8., und 12. am höchsten ist. Diese Tage werde ich nutzen, um dich zu holen. Zuvor werde ich einige Menschen aus deinem Umfeld entfernen. Auch das Herüberholen muss ich erlernen. Es wird mein wohlverdienter Erfolg sein, der einzige Mensch auf Erden zu sein, der für dich noch eine Rolle spielt. So wie es immer hätte sein

sollen. Ich mache mich jetzt auf, die gesegnete Lillith zu positionieren. Es wird Zeit.

Wie herrlich dieser Schlaf, und um wie vieles herrlicher dieser grandiose Erfolg doch war und noch immer ist! Das Tor hat sich geöffnet! Die Leitungen in den vier Säulen funktionieren tadellos, der Erbauer dieses Tunnels hat wirklich gute Arbeit geleistet. Die Geister der Opfer sind gefangen, dienen mir als Einlass in die anderen Welten! Es ist ein vollständiger Fluss von Energie, den ich bereits hier unten spüren kann. Die heutige Nacht verbringe ich mit der ersten Übung, das Tor zu durchschreiten. Ich werde noch einmal die Lektüre zu Rate ziehen, dann mache ich mich auf den so lange ersehnten Weg zu dir!

Heute ist Samstag, der vierzehnte Juli. Ein ungünstiger Tag für das Reisen. Die erste Erfahrung war nicht allzu spektakulär. Ich musste mich aber entsetzlich anstrengen, um die Energie für mich zu nutzen. Sie verteilt sich leider auf den gesamten See. Das ist etwas ungünstig, denn wenn die starken Tage sich so auswirken, sind die schwachen unbrauchbar. Konstruktionsfehler. Das wiederum heißt jetzt also, der zwölfte wird mein Zieltag sein. Allerdings bin ich so nahe an meinem Ziel, dass ich es trotzdem wie geplant an allen Tagen, an denen es günstig ist, durchführen werde. Ich werde mich umso mehr anstrengen. Es wird mich nichts und niemand aufhalten!

Sebastian, Cat, Davey und Beltheim saßen gemeinsam im Hotelzimmer und berieten sich seit einer Stunde ausführlich. Ständig kamen Mails, SMS und

Anrufe. Es schien das Chaos ausgebrochen zu sein. Der Spezialist für Elektromagnetismus war ununterbrochen mit messen beschäftigt, und wurde häufig von der Polizei vom See verscheucht. Beltheim war noch nicht offiziell wieder aufgetaucht, also konnte er nichts unternehmen. Eine der Mails las Davey laut vor:"
„Sobald sich zwei entgegengesetzt gepolte, spannungsführende Leiter gegenüberliegen, bildet sich dazwischen ein elektrisches Feld. Elektrische Felder sind überall dort vorhanden, wo sich eine elektrische Spannung befindet. Es kommt alsbald in dem Falle zum Stromfluss, wenn die Feldstärke, oder vielmehr die Dichte der Feldlinien dafür genügend ausreicht. In der Regel immer nur dann, wenn der Raum zwischen den Polen leitfähig ist oder wird. Da die Leiter irgendwo unter dem See angebracht sein müssen, wird es schwierig, das Tor einfach zu schließen. Wir können den Countdown also nicht verhindern. Es wird noch Opfer geben, es sei denn, wir wissen um wen es sich handelt und schicken Sebastian an die Front."
„Hah, vielen Dank für die Formulierung."
Cat sah Sebastian an und meinte aufmunternd:
„Also ehrlich, das war ein riesenhaftiges Kompliment! Wirklich! So was nettes sagt er doch sonst nie!"
Doch Sebastian schnaubte verächtlich. Scheinbar war er nicht gewillt, am heutigen Tage auch nur annähernd so etwas wie gute Laune zu haben. Cat ließ ihn gewähren. Der Stress war einfach für alle viel zu groß, wie sollte es Sebastian denn auch sonst gehen. Sebastian sah auf dem Display seines Handys das Datum an und rang um Selbstbeherrschung. Am liebsten hätte er jetzt seine ganze Wut hinausgeschrien, oder auf irgendetwas eingeschlagen, doch sein Handy klingelte schon wieder. Vielleicht sollte er seine Empfindungen an diesem dämlichen Ding auslassen. Daraus wurde leider nichts, oder vielmehr zum Glück. Es war Ray, der gerade Dr.

Mertens sein Handy in die Hand drückte. Dieser redete nicht um den heißen Brei herum:

„Deine Verlobte schickt sich an aus dem Koma zu erwachen. Ich finde das etwas verfrüht, wenn man die Umstände betrachtet. Wie ist deine werte Meinung dazu?"

„Ich weiß nicht genau, was könnte denn passieren?"

„Alles oder nichts. Du lässt hier ständig Leute herum marschieren, wenn du nicht selber da bist. Also erklär du es mir bitte."

„Sie wird besser dran sein, wenn sie noch etwas schläft."

„Für wie lange?"

„Am dreizehnten ist ein guter Tag um aufzuwachen."

„Ja, also, dir ist schon klar, dass heute der erste ist."

„Ja."

Tiefes Durchatmen am anderen Ende. Sebastian kannte die Problematik, meinte jedoch:

„Hör mal, es ist wichtig, dass ihr Körper in einigermaßen stabilen Zustand gehalten wird. Es sei denn, du bist am zwölften den kompletten Tag mit im Zimmer und hältst mir die Schwestern vom Leib, oder andere Ärzte. Sollte ich versagen, wird sie sterben. Willst du da mit reingezogen werden, oder nicht?"

„Gut, deine Geheimniskrämerei in allen Ehren, aber ich wäre dir wirklich sehr verbunden, wenn du mich darüber aufklären würdest, in was ich denn da reingezogen werden soll, denn ich stecke ja schon mittendrin!"

Dr. Mertens war offensichtlich wütend. Also beschloss Sebastian kurzerhand, die Besprechung ins Krankenhaus zu verlegen. Er teilte Dr. Mertens mit:

„Gut. Ich komme. Und ich bringe jemanden mit. Bis gleich."

Die drei auf dem Bett sitzenden starrten ihn an. Beltheim fragte besorgt:

„Ist was mit Sela nicht in Ordnung?"

„Sie will unbedingt aufwachen. Ich halte das für verfrüht. Wir werden jetzt ins Krankenhaus gehen und Mertens über alles aufklären."

Davey hakte nach:

„Mertens? Besser du überzeugst mich davon, dass diese Bettdecke hier fliegen kann."

„Weißt du was? Wenn du den dazu bringst, mit dir gemeinsam Kämpfe auf der anderen Seite auszufechten, krieg ich Sela heiratswillig."

„Mach das, ich würde allerdings Handschellen dazu verwenden."

Beltheim beteiligte sich am Gespräch:

„Ich hätte welche zu verleihen."

Alle Blicke richteten sich auf Beltheim, dieser sagte schulterzuckend:

„Wenn man sich gegenseitig das Wasser reichen kann, warum dann nicht auch die Handschellen. Äh, Trauringe."

Davey lachte in sich hinein:

„Kinder, schön langsam mache ich mir ernsthaft Sorgen."

Im Krankenhaus war es vergleichsweise ruhig. Die Laptops waren aus, die Handys tonlos. Sebastian gab seines Davey und ging erst einmal zu Sela, die gerade von Dr. Mertens untersucht wurde. Als er eintrat, sah er Sela unverändert daliegen und fragte gleich:

„Ist sie aufgewacht?"

„Dir auch einen guten Tag. Nein, sie hat es nicht ganz geschafft. Es dürfte noch einige Zeit dauern, bis ihr Zustand dafür ausreicht. Du bekommst also was du willst. Und jetzt bekomme ich was ich will. Wo ist die Begleitung, von der du gesprochen hast?!"

„Ordentlich geparkt im Wartebereich. Du kannst übrigens den Zugang erneuern, wir sind jetzt rund um die Uhr hier vertreten. Also, wo können wir reden?"

„In dem Ärzteraum, in welchem du immer deine Pausen machst, wenn du nicht an ihrem Bett sitzt, und ihren Eltern aus dem Weg gehst."

„Gut, ich hole die anderen. Wir treffen uns dann da."

Er gab Sela noch einen Kuss auf die Stirn, drückte ihre Hand und ging. Sein Herz ließ er bei ihr.

Die Truppe saß vereint und zusammengequetscht auf der einen Liege, Dr. Mertens auf der anderen.

Wäre die Situation nicht ernst gewesen, hätte man dieses Treffen für eine Komödie halten können.

Sebastian wusste nicht so recht, wo er anfangen sollte. Hilfesuchen sah er Davey an. Der plauderte drauf los:

„Also, das was du uns nicht glauben wirst, kannst du dann selbst beobachten, allerdings nur die physischen Auswirkungen davon. Sela wird demnächst von einem Wesen angegriffen werden, das nicht aus dieser Welt stammt. Da wir das nicht wollen, wird Sebastian ihr auf der geistigen Ebene beistehen. Wir reden hier von dem gleichen Scheiß, wie die Kollegen von der Paleativ. Doch wir gehen einen Schritt weiter. Wir wissen das Datum, Cat hat mit Sebastian einen Schlachtplan ausgearbeitet und du sorgst dafür, das ihr Körper nicht schlapp macht. Bei Bedarf holst du sie gefälligst mit Gewalt zurück. Und da Bettdecken immer noch nicht fliegen können, wird dieses Gespräch auf eine Frage hinauslaufen, äh, was genau möchtest du wissen?"

„Ich, äh, möchte wissen, ob ihr mich verscheißern wollt. Da soll ich jetzt einen ganzen Tag darauf aufpassen, ob irgendeine Wesenheit aus einer anderen Welt ausgerechnet in diese Welt kommt um diese eine Person zu attackieren. Ist das hier Science Fiction oder was? Ihr solltet weniger Drogen nehmen. Und sie, Herr Beltheim, werden von der gesamten Behörde gesucht. Wie kommen sie eigentlich dazu, bei diesem Blödsinn mitzumachen?"

„Ganz einfach, jemand hat versucht, meine Tochter umzubringen, und da ich und die übrigen hier dieselben Informationen besitzen, sollen wir ebenfalls dahin scheiden. Da wir darauf keinen Bock haben, sind wir erst einmal untergetaucht. Das wiederum heißt, wenn wir das hier überleben, und ich eine Menge Leute verhaftet habe, wird mich meine Putzfrau wahrscheinlich um die Ecke bringen, weil sie Staubwischen hasst. Aber ich bin durchaus bereit, vor ihnen wie ein Idiot dazustehen, wenn das bedeutet, dass meine Tochter dieses Szenario überlebt. Also, ob das Blödsinn ist, oder nicht, ist hier nicht die Frage. Es geht vielmehr darum, wie wir Sela vor den Übergriffen schützen können, was wir bei vier anderen Frauen nicht geschafft haben. Deren Mörder ist in dieser Welt nämlich nicht zu finden. Und wenn ich ganz Berlin umgrabe, er ist nicht hier. Lassen sie uns jetzt nicht auch noch um das Leben eines Arztes bangen, weil sie diese bescheuerten Informationen im Detail wissen, klar?"

Jetzt ging es Beltheim zwar auch nicht wesentlich besser, doch er hatte sich etwas Luft verschafft. Während Dr. Mertens ihn ansah, als würde er ihn sofort in die Neuro-Abteilung schicken wollen. Cat räusperte sich:

„Ja, also wenn das mal nicht total in die Hosen ging. Herr Mertens, sie wissen von den Untersuchungen der emotionalen Ebene und die Energieveränderungen im menschlichen Gehirn?"

Sebastian witterte Munition:

„Nebenbei bemerkt ist es eine Frage der Gewichtsverlagerung bei Neuronentätigkeit. Eine Absenkung dieser Gewichte hat selten bis gar keine Auswirkung auf unser eigentliches Wesen, nur auf unser Wissen, welches dann wiederum erst Einfluss nimmt auf unsere persönliche Entwicklung, stimmts? Also lassen wir uns das ganze doch so sehen. Solange es keinen Nachweis darüber gibt, dass die Seele eine Form von Energie ist, die durch ihre Leitfähigkeit bestimmte neuronale Prozesse beeinflusst, und uns so am Leben erhält, betrachten wir dieses Unterfangen als zu untersuchendes Material. Einverstanden?"

Dr. Mertens kannte derlei Untersuchungen. Im allgemeinen fand er dieses Thema nur albern, doch etwas Unheimliches blieb zurück. Was könnte denn schon geschehen? Nichts, außer dass eine im Koma liegende Person, mit schwerer Schädelfraktur letzten Endes doch verstarb. Eine Rechtfertigung für das nicht hereinlassen zusätzlicher Hilfe gab es allerdings nicht. Also beschloss er Sebastians Taktik zu folgen und mehr zu wissen, als zu sagen. Er nickte einfach kurz und ging. Sebastian hatte aber bemerkt, das dieses Verhalten einen Hintergrund hatte. Er besprach mit den anderen seine Ahnung und der Schlachtplan wurde etwas abgeändert. Sebastian sah auf die Uhr und machte sich auf den Weg zu Sela, denn er wollte noch etwas Zeit mir ihr alleine verbringen. Die anderen machten sich auf den Weg ins Hotel. Der erste von den letzten zwölf Tagen sollte in ein paar Stunden vorüber sein. Noch elf, und der letzte war der wichtigste.

*Diese ständige Bewachung war einfach schrecklich. Ich musste mir täglich ein paar Stunden erkämpfen, in denen ich allein sein konnte. Wollte ich einmal außer Haus, bat ich Sebastian um Begleitung. Der wiederum war dann immer sehr erleichtert, mal wieder mit mir allein zu sein. Wir alberten dann unbeschwert herum, und obwohl wir Dave und Damian sehr hoch schätzten, konnten die beiden einen schier um den Verstand bringen. Es sollten noch acht solcher Tage vergehen. Unvorstellbar. Wir schlossen nachts die Tür zu unserem Schlafzimmer ab, nur für den Fall. Beim Frühstück gab es hin und wieder sehr merkwürdige Blicke von den Brüdern, und ich fragte mich jedesmal, ob ich denn wirklich so laut gewesen war. Über die Sache mit Adrian redeten wir selten. Ich war um jede Ablenkung froh. Bislang hatte sich nur eines verändert: ich träumte nicht mehr jede Nacht diese schrecklichen Albträume. Sondern es gab durchaus auch noch Nächte, in denen ich erholsam schlafen konnte. Meine Angst war im Begriff, sich in Wohlgefallen aufzulösen. Ich glaube es war dieser eine vierte August, an den ich mich plötzlich erinnerte. Dieser eine Moment, in dem ich dieses Wesen sah und mich so unendlich glücklich fühlte. Bis heute denke ich, es fühlte sich an wie ein Abschied. Doch nun waren es nur noch wenige Tage bis zu diesem beschissenen Datum und ich behielt meine Erinnerung für mich. Sebastian sollte sich nicht noch mehr Sorgen machen. Jedoch stellte ich bei eingehender Überlegung fest, da heute der vierte Dezember war, und ich den vierten August erinnerte, während zwischen diesen verdammten Daten genau vier Monate lagen, ich das vierte von vier Kindern war und wir momentan ständig zu viert in unserer Wohnung waren.....

Wenigstens hatte der Name meines Sohnes sechs Buchstaben.

Ein voller Erfolg! Der 16. Juli war ein guter Tag! Ich habe gleich beim ersten mal eine Welt entdeckt, in der du lebst! Doch du warst mit einer Frau zusammen, das konnte ich nicht hinnehmen. Ich musste sie von dir entfernen. Es war einfach schrecklich, mitanzusehen, was ihr da getrieben habt. Ich zog die Übung mit dem Transport einfach um ein paar Tage vor. Hauptsache, du bist wieder frei, und nicht so unrein. Leider ging der erste Versuch daneben. Sie kam tot hier an. Und ich weinte Tränen aus Blut. Aber nur um deinetwillen! Geliebter Engel, ich brauche dich wie die Luft zum atmen. Mein Fehler, den ich beging, ich muss es wieder in Ordnung bringen! Mein Glück hängt davon ab, und auch deines! Auch wenn du es nicht weißt, es war das beste, das ich für dich tun konnte!

Nun, da liegt sie noch immer, im elektrischen Feld, im Eingang des Tores, und wird erst wieder verschwinden, wenn das Tor sich schließt. Solange muss ich ihren Anblick ertragen. Jedes mal, wenn ich sie sehe, wird mir schlecht. Ich bin allerdings durch nichts von meinem Ziel abzubringen. Und wenn ich das Tor mit Leichen nur so zupflastere! Der 20., der 24., und der 28. sind Daten, die der Übung dienen sollten. Drauf geschissen. Ich tue was ich will.

Wo bist du? Warum zum Teufel kann ich dich nicht mehr finden? Ich habe zwei Termine verballert für nichts? Warum versteckst du dich vor mir?
Vielleicht tust du das ja gar nicht, vielleicht ist es jemand anderes, der mich abblockt. Ich bin wütend. Ich werde noch einmal das Buch zur Hand nehmen und nachlesen. Ich erinnere eine Methode, diesen Umstand zu umgehen. Allerdings ist die Energie letzte Nacht sehr schwach gewesen. Trotz allem bin ich unglaublich wütend. Ich kann es einfach nicht fassen, dass ich soviel Zeit verloren habe. Jetzt bleibt mir noch der 28. Juli, doch die Übung muss ich überspringen. Es gäbe nichts schlimmeres, als all die Zeit umsonst für diesen Ritus vertan zu haben. Ich will dich bei mir haben, geliebter Engel! Ich will das du mir vergibst, ich brauche dich!

Nachdem letzten ebenfalls misslungenen Versuch ist es mir endlich wieder gelungen, in der Nacht des 4. August das höhe Energieaufkommen erfolgreich zu nutzen. Endlich habe ich dich wieder gefunden! Und jetzt weiß ich auch, was hier im Wege steht. Du bist schwanger, und dein widerliches Kind glaubt mich abwehren zu können. Trotz allem werde ich versuchen, dich zu holen! Ich werde nochmal alles wiederholen, was ich eigens für diesen Zweck so viele Jahre geübt habe! Der 8. August wird also der Tag unserer Vereinigung sein! Ich spüre neue Energie in mir, diese kleine Seele wird mir nicht gewachsen sein. Ich bin jetzt mehr als wild entschlossen, dich zu holen!

Habe versagt. Keine Zeit mehr für die große Suche. Mir bleibt nur noch der 12. August.

All meine Hoffnung ruht auf dem unsagbaren Willen dich endlich wieder bei mir zu haben! Das Buch hat viele Hinweise darauf, wie ich es schaffen kann. Morgen ist es soweit. Morgen. Dann endlich finde ich dich! An jedem 12. habe ich nun die letzten vier Monate getötet. An diesem will ich dafür dein Leben! Dich! Verzweiflung und Wut, doch auch die vertane Hoffnung sind wie Motivation. Ich werde bis zum Äußersten gehen, und ich fange sehr früh an, denn ich muss noch eine andere Welt finden, in der du lebst.
Morgen. Morgen endlich.

Sebastian verließ das Krankenhaus seit zwei Tagen gar nicht mehr. Heute, am elften August, war er nervlich in höchster Anspannung. Das elektrische Feld im See war nun Sache der Polizei geworden, nachdem ein

Taucher bei dem erneuten Versuch, diesen Verschluss am Grund des Sees zur Öffnung zu präparieren, verunglückt war. Die Obduktion des Tauchers ergab Herzversagen. Das Gebiet war nun sehr weiträumig gesperrt. Und die Messungen des Spezialisten hatten ein jähes Ende gefunden. Doch allein diese Umstände bestätigten Sebastians Ahnungen. Er hatte es geschafft, Selas Eltern am 12. August vom Krankenhaus fern zu halten. Da es ein Sonntag war, nutzte er die Ausrede, er müsse nicht arbeiten und könne deshalb einmal etwas länger bei Sela sein.

Die Tür zu Selas Zimmer wurde geöffnet, und Cat trat zu Sebastian, der auf einem Stuhl an Selas Bett saß. Sie legte ihm ihre linke Hand auf die rechte Schulter, und gab ihm mit einem Kopfnicken in Richtung Tür zu verstehen, dass es Zeit war zu gehen. Unwillig folgte er ihr dann aus dem Zimmer. Auf dem Flur stand Davey, der Sebastian ablösen sollte. Allerdings würde er hier draußen Wache schieben müssen. Sebastian wurde von Cat in Richtung Wartebereich geschoben, denn seine Unwilligkeit beruhte auf dem Gedanken, jetzt keinesfalls schlafen oder essen, weder zu können noch zu wollen. Bei Cat war jedoch Widerstand zwecklos. Als sie ihn direkt auf Beltheim zu bugsierte, der die einzige Sitzgruppe mit Tisch besetzt hatte, merkte er seine überdimensionale Müdigkeit. Sie plauderten kurz über den morgigen Tag, dann begab sich Sebastian in das Ruhezimmer für die Ärzte. Dr. Mertens wurde für morgen zwar erwartet, jedoch traute Sebastian ihm natürlich nicht. Dafür waren er und Davey schon zu lange mit ihm bekannt.

Die Müdigkeit zwang Sebastian in den Schlaf, kaum dass er die Matratze mit seinem Kopf berührte. Es dauerte nicht lange, und er begann zu träumen. In seinem Traum sah er Sela, auf der Zwischenebene, und auch eine Gestalt, die er nicht kannte. Er nutzte seine Fähigkeiten, um sich in die Gedankenwelt der fremden Person einzuschleichen, als noch eine Person auftauchte. Diese war in seinem Traum ebenfalls nicht zu erkennen. Doch diese Person kommunizierte scheinbar mit dem fremden Wesen und ließ Sebastian Zeit, eine Verbindung mit Sela einzugehen. Er hielt sie mit aller Kraft in seiner Gedankenwelt. Bis er spürte, wie das fremde Wesen an ihr zog.

„Sebastian! Wach auf! Hey!"
Verwirrt und mit einem zittrigen Gefühl erwachte er. Es dauerte einige Sekunden, bis er merkte, dass Beltheim ihn weckte. Endlich öffnete er die Augen und fragte mit belegter Stimme:
„Welcher Tag ist heute? Ist etwas passiert?"
„Heute ist der zwölfte, und es ist Mittag. Wir dachten schon, du willst ebenfalls ins Koma fallen. Aber irgendwas verändert sich. Alarmstufe rot am See, komm schon, hoch mit dir!"
Dieser Satz brachte Sebastian schlagartig zurück in die gute, alte Realität. Er sprang von der Liege auf und rannte mit Beltheim zu Selas Zimmer. All seine Sinne liefen auf Hochtouren, die Erinnerung an seinen Traum im Detail gab ihm den entscheidenden Hinweis auf das, was er zu tun hatte. Eine erneute Lagebesprechung war nicht mehr möglich. Er und Cat bezogen Posten an Selas Bett, Beltheim und Davey blieben vor der Tür stehen. Dr. Mertens war unterwegs. Sela lag da wie all die Tage zuvor, nur wirkte sie kleiner. Irgendetwas geschah hier. Doch das Wesen, das den Übergriff ausübte, war selbst noch nicht hier. Sebastian ignorierte die Bedürfnisse seines Körpers, sein Magen war übersäuert vor Hunger, und ihm wurde plötzlich schwindlig. Er suchte Verbindung zu Sela und fand sie auf Anhieb. Die Ebene auf der sie sich nun befanden war nicht wie sonst im Raum, sondern

merkwürdig verschwommen, wie ungreifbarer Nebel. Sela hatte ebenfalls die Ankündigung eines fremden Wesens bemerkt, und war unruhig. Sie ließ sich von Sebastian ohne jede Frage sofort festhalten. Immer weiter veränderte sich die Ebene, nun gab es gar keine Sicht mehr auf einen Raum, es existierte nichts außer der Energie des eigenen Geistes.

Cat stand hinter Sebastian und hielt ihn bei den Schultern. Davey und Beltheim ließen Dr. Mertens ins Zimmer. Sela war zwar noch körperlich unverändert, doch auch Dr. Mertens bemerkte eine Veränderung an ihr. Plötzlich schien sich das Zimmer um sie herum zu verdunkeln. Dr. Mertens sah sofort nach oben an die Decke, dann aus dem Fenster. Keine ausgegangene Lampe, keine Wolken vor der Sonne. Draußen klingelte ein Telefon. Davey nahm ab. Nach kurzer Zeit sagte er etwas zu Beltheim, und die beiden stellten sich Rücken an Rücken vor die Tür. Dr. Mertens konnte sie durch das Glasfenster der Tür sehen. Sebastian indessen stand da wie eine Statue. Er war in seiner Ausstrahlung Sela mehr als ähnlich. Dr. Mertens lehnte sich rücklings ans Fensterbrett, da hörte er plötzlich einen Tumult im Flur.

Auf der anderen Ebene hielt Sebastian   Sela mit all seiner Kraft bei sich. Das Wesen erschien, wie in seinem Traum. Erst war es nur verschwommen wahrzunehmen, doch dann wurde es immer klarer. Sebastian erkannte zuerst die Umrisse, dann langsam, Stück für Stück das immer klarer in Erscheinung tretende Geistwesen. Zuletzt kristallisierte sich das Gesicht zu einer erkennbaren Erscheinung. Sebastian starrte wie gebannt auf das Wesen vor ihnen. Er war zutiefst schockiert. Alles hätte er sich vorstellen können, doch das Gesicht, das sich ihm offenbarte, ließ ihn an allem zweifeln.

Der Tumult im Flur wurde immer lauter, und irgendjemand kreischte laut. Dr. Mertens sah zu Sebastian und Cat, beide standen mit geschlossenen Augen und völlig regungslos da. Cat war als Sebastians Stütze vollkommen auf ihn konzentriert.

Jemand lief den Flur entlang auf das bewachte Zimmer zu und schrie Beltheim an, er solle von der Tür weggehen. Er weigerte sich. Die Stimme ertönte mit erneuter Warnung. Er rührte sich nicht. Die Schwester am Ende des Flures schrie, er habe eine Waffe, kurz darauf ertönte ein Schuss. Beltheim hielt sich beide Hände vor seinen Bauch, und wurde von Davey aufgefangen, während dieser eine eigene Waffe zog, und auf dem Boden kniend dem nächsten Schuss entkam. Davey schoss seinerseits, und traf den Angreifer aus nur mehr vier Metern Entfernung direkt in den Kopf. Die Posten, denen dieser eine entwischt war, kamen angelaufen, und sagten Davey dass einige andere, die den Schießwütigen begleitet hatten, gerade jetzt auf das Eintreffen der Polizei warteten. Beltheim schloss gerade in diesem Moment die Augen und hörte auf zu atmen.

Während auf der anderen Ebene Sebastian und Sela tief verbunden wie eine Einheit dem fremden Wesen gegenüber standen und versuchten, das, was sie vor sich sahen, einzuordnen, herrschte um sie herum Finsternis. Doch das Wesen schien sich mit ihnen in einer Art beschienenem Zentrum zu befinden. Das Wesen begann langsam auf die beiden zuzugehen, wobei Sebastian die zügellose Wut des Wesens spürte. Er konzentrierte sich noch mehr darauf, Sela zu halten, doch die Erscheinung kam immer näher. Sela hielt sich an ihm fest, beide waren untrennbar, das Wesen wurde immer wütender. Hätte diese Wut die Erscheinung nicht verzerrt, wäre sie nicht von Sela zu unterscheiden gewesen. Sie sah Sela zum Verwechseln ähnlich.

Beltheim wurde sofort von den Schwestern und Pflegern auf ein herangeschafftes Bett gehoben. Ein Arzt stellte fest, dass Beltheims Herz nicht mehr schlug und befehligte das Ranimationsszenario. Beltheim hingegen sah sich zum erstenmal auf der anderen Ebene. Er hatte nur eines im Sinn und fasste seine Gedanken zu einer Aufgabe zusammen. Sela zu finden.

Sebastian starrte diese Erscheinung an, unfähig seinen Plan weiter auszuführen. Er wartete. Er vertraute. Und wurde nicht enttäuscht. Beltheim erschien direkt hinter dem fremden Wesen, welches bereits im Begriff war nach Sela zu greifen. Beltheim erhob seine Gedanken zur Stimme:
„Andrea?"
Das fremde Wesen drehte sich um und erkannte ihn. Schlagartig änderte sich die gesamte Ausstrahlung des Wesens. Es schien vor Zorn zu platzen, als es schrie:
„Du! Elender Mensch! Du hast sie sterben lassen, ich wollte dass sie lebt! Stattdessen hast du mich verflucht zu einem Leben ohne mein Kind!"
Beltheim antwortete:
„Ich habe was? In dieser Welt bist du gestorben. Sela ist meine Tochter, und du wirst sie mir nicht nehmen. Geh zurück. Du bist nicht meine Frau, nicht in dieser Welt!"
Sebastian nutzte die Gelegenheit und schlich sich in die Gedankenwelt des Wesen immer tiefer ein. Er sah Erinnerungen, qualvoll empfundenes Leid und eine unheilbare Wut. Er suggerierte dem Wesen, dass es würde gehen müssen. Das Wesen bemerkte ihn in seinem Zorn nicht.
„Ich hätte die Geburt nicht überleben sollen, doch du wolltest mich ja nicht aufgeben. Und jetzt willst du uns

noch einmal auseinander reißen! Ich habe schon genug getötet, verschwinde!"

Sebastian machte weiter. Das Wesen veränderte sich. Es schien sich zu winden. Sebastian intensivierte die Suggestion.

Cat spürte, wie er sich übernahm. Sie verstärkte den Druck ihrer Hände und konzentrierte sich darauf ihm von ihrer Energie mehr und mehr zur Verfügung zu stellen.

Beltheim redete ständig auf die Frau ein, die in einer anderen Welt statt Sela überlebt hatte. Sie war nun vollkommen abgelenkt von ihrem eigentlichen Ziel, Sebastian hielt an seinem eingeschlagenen Kurs fest. Die Erscheinung veränderte sich immer mehr. Sela verstand in diesem Augenblick, wem sie da gegenüber stand. Sie bündelte ihre Gedanken zu einem zentralen Satz:

„Ich werde nicht mit dir gehen. Ich bleibe hier in meiner Welt. Ich bitte dich, geh zurück."

Das Wesen zeigte eine unerwartete Reaktion, Sebastian spürte Trauer. Unwahrscheinlich große Trauer. Die Frau brach in sich zusammen. Ihre Erscheinung wurde immer kleiner, jedoch schien sie sich zu komprimieren. Sebastian verstärkte seine Bemühungen und suggerierte dem Wesen das es zurück müsse. Immer wieder und wieder. Selas abwehrende Haltung gab den Ausschlag, Beltheim wiederholte Selas Appell.

Cat bat Dr. Mertens um Hilfe, Sebastian konnte nicht mehr stehen und sackte auf den Stuhl, den Dr. Mertens unter ihn schob. Sein Körper war völlig leblos.

Das Wesen entlud seine ganze Wut und Verzweiflung in einem Schrei, die verzerrte Fratze war jedoch schon nicht mehr zu erkennen. Die Erscheinung war durchsichtig geworden, verschwommen und sie entglitt scheinbar dieser Welt. Als Sela sich in Sicherheit glaubte, spürte sie einen Sog, der an ihr zerrte. Das Wesen wollte sie mit sich ziehen. Sebastian ließ in diesem Moment von dem Wesen ab, um Sela zu halten. Beltheim wollte ebenfalls zu ihr, doch auch an ihm riss etwas. Es dauerte nur kurze Zeit, plötzlich war er verschwunden. Sela klammerte sich an Sebastian, doch dessen Kräfte schwanden zusehens. Auch er wurde immer schwächer. Sela wusste nicht was sie tun sollte, also entschied sie sich dafür, sich loszureißen. Sie kämpfte gegen die pure Kraft der Verzweiflung. Die ungewohnte Anstrengung raubte ihrem Geist die Kraft, das Wesen war stärker als sie. Bis auch sie plötzlich verschwand. Sebastian nahm eine letzte Anstrengung auf sich und suchte nach ihr. Sie war weg, das Wesen war weg. Er hatte sie verloren. Also ließ auch er los. Sein Körper war kaum mehr zu spüren. Er ließ es mit sich geschehen, als etwas an ihm zerrte.

*Ich hatte gerade einmal die Zeit gehabt, mich für sage und schreibe verdammte vier Stunden ins Bad zurück zu ziehen, als die Tür aufgerissen wurde und Sebastian hereinstürmte:
„Sorry für den Herzinfarkt. Aber das musst du dir ansehen!"
Ich hatte ihn selten so aufgeregt erlebt, diesen Satz werde ich mein Leben lang nicht vergessen. Heute war der 12. Dezember, eigentlich ein ganz normaler Tag. Aber gut, was ist schon normal. Ich zog mir noch schnell meinen Pullover über und kam mit. Und staunte nicht schlecht, als er mich an seien PC schleppte. Die

Kiste, wie er sie immer liebevoll nannte, tat wirklich alles, nur nicht das was sie sollte. Hin und wieder wurde der Bildschirm schwarz, und Buchstaben tauchten immer wieder kurz hintereinander auf. Sie ergaben allerdings keine zusammenhängenden Worte, bis auf eines, unscheinbar und bedeutungslos. Doch nur ich sah es immer wieder. Es war das Wort < See >. Da ich bei diesem Wort seit damals nur noch an Frauenleichen denken kann, war mein erster Kommentar dazu schlicht, nö. Da kriegen mich keine tausend Pferde mehr hin. Ich sagte das laut. Kaum hatte ich zu Ende gesprochen, hörte das Tanzen der Buchstaben auf. Stattdessen sortierten sie sich zu einem Satz. Dieser lautete < Ich komme zu dir. > Auch hier war meine Reaktion die blanke Ablehnung. Da zerriss es meinen Unterleib. Ich schrie und ging vor Schmerz in die Knie. Sebastian hob mich auf und trug mich zur Wohnung hinaus, während Damian ihm die Türen aufhielt. Dave dagegen kam mit seinen Autoschlüsseln angerannt. Die Fahrt ging mal wieder ins Krankenhaus. Als ich dort ankam, hatte das Ziehen aufgehört. Dafür blutete ich. Ich war zuerst entsetzt, und als ich begriff, was das zu bedeuten hatte, verabschiedete ich mich für ein paar Stunden in eine gnädige Ohnmacht.

Einst durchstreifte ich meine Welt, auf der Suche nach deinen wassergrünen Augen. Einst glaubte ich, ich könnte nicht ohne dich leben. Einst war ich verloren ohne dich. Dann fand ich eine Möglichkeit dich wieder zu sehen, gebunden in schwarzes Leder, handschriftlich verfasst, durchtränkt von schwarzer Magie. Ich verfiel diesem Buch, dem Ritual, meiner tief empfundenen Sehnsucht nach dir. Ich lebte wie in einer immer wiederkehrenden Melodie, habe jede Nacht von deiner Auferstehung geträumt, und mich in meinem Leid eingehüllt um Kraft zu schöpfen. Mein Leib war ein Kerker, den ich nicht zerstören konnte, und so blieb ich hier, während du von mir gingst. Ich habe für dich getötet, habe für dich gelitten, bin für dich zwischen den Welten gereist, und habe dich gefunden. Doch in der einen Welt warst du unerreichbar, in der anderen entdeckte ich die Wahrheit. Die ganze schreckliche Wahrheit über mich selbst, dich, und allem, was ich getan habe.

Nachdem sie meine Höhle entdeckt hatten, wurde ich festgenommen. Ich verweile nun lebenslänglich hinter Gittern. Ich habe Menschen getötet. Niemand versteht mich, ich am allerwenigsten. Ich zweifle alles an, was ich getan habe. Ich möchte so gern die Todesstrafe, aber die gibt es nicht für mich. Dieser Staatsanwalt, der bei einem Verhör dabei gewesen war, sagte sogar noch, die sei zu gut für mich. Nun hatte ich die Bücher gut genug gelesen, kenne noch ein paar Passagen auswendig.

Sie haben mir alles genommen, mit dem ich mich umbringen könnte. Doch ich trage Kleidung. Heute ist der 12. Dezember. Um bei dir zu sein, werde ich mich selbst töten, und das kleine Wesen vertreiben, das gerne dein Kind sein möchte. Stattdessen wirst du mich auf die Welt bringen, mein süßer Engel. Die Wahrheit ist, mein geliebtes Kind, dass ich mich damals selbst vergiftet hatte. Ich wollte nicht mehr leben, doch ich verlor dich und überlebte. Das zu ertragen war mir nicht möglich. Ich habe einen kleinen Strick angefertigt. So gerne würde ich die Zeit wieder zurückdrehen. Doch jetzt drehe ich sie um. Ich werde dein Kind sein.

Sebastian schlug die Augen auf und sah direkt in Cats Gesicht.

„Guten Morgen, der werte Herr, endlich ausgeschlafen?"
Langsam nahm er alles in sich auf, Cat, Davey, Dr. Mertens, ein Krankenzimmer, und er lag in einem Krankenbett. Sein allererstes Wort war:

„Sela?"
Davey antwortete:

„Jetzt nicht, die hat Kopfschmerzen."
Er lachte vor Erleichterung, als er wiederholte:

„Sie hat Kopfschmerzen?"

„Ja, und Richie hat Bauchweh. Alles gut."

„Du nennst ihn Richie? Wie lange war ich denn weg?"
Davey übernahm die Aufklärung:

„Genau vier Tage. Auf die Stunde genau. Richie haben sie ja gerade noch so reanimiert, Schwein gehabt. Ach, und Sela fragt dauernd nach dir."
Sebastian handelte sich einen stechenden Kopfschmerz ein, als er ruckartig hochfuhr. Dr. Mertens hatte Mühe, ihn im Bett zu halten. Doch er schaffte es. Ganze fünf Sekunden lang. Davey musste ihn auffangen.

„Du solltest dir mal was anderes anziehen. Und in den Spiegel zu schauen wäre auch nicht schlecht."

„Ja verdammt. Wird erledigt."

Einige Zeit später stand er endlich an ihrem Bett. Sie schlief gerade. Er wollte sie nicht wecken, konnte aber nicht umhin, sie auf die Lippen zu küssen. Dabei erwachte sie. Trotz ihrer Schädelverletzung war sie fast wieder gänzlich hergestellt. Nur an gewisse Momente erinnerte sie sich nicht mehr. Dr. Mertens war aber der Meinung, das gäbe sich noch. Sie unterhielten sich leise, ihr altes Ich kam dabei deutlich zum Vorschein:

„Was macht H.P. denn eigentlich so?"

„Bitte wer?"

„Na Beltheim."

„Hat Bauchweh, soweit ich weiß. Wieso nennst du ihn H.P.?"

„Na weil mir Hase und Papa zu lang ist"

*Heute wäre mein Sohn sechzehn Jahre alt. Ich weiß nicht warum, aber ich habe noch immer das Gefühl, dass sein Tod mein Überleben sicherte. Er starb um mich zu schützen. Ich habe niemals mehr den Wunsch verspürt Kinder zu bekommen. Und gewisse Erinnerungen teile ich nur mit Sebastian. Wie beispielsweise an den einen Augenblick, als wir unseren Sohn zum ersten mal sahen, um uns zu verabschieden.

„Wären da nicht noch offene Rechnungen zu begleichen, würde ich euch ja sofort zum Traualtar führen. Aber wir müssen noch über 400 Gramm Heroin reden. Das heißt, über die Art und Weise, wie sie in deinen Besitz kamen. Und noch ein paar andere Ungereimtheiten. Und außerdem schweigst du in letzter Zeit zuviel. Ich glaube ja, du hast was zu verheimlichen. Ich wüsste zu gerne was, also?"

„Also ich glaube ja, dass wir kurz bevor ihr das Zeug bei mir gefunden habt, eine kleine Feier hatten. Mit ein paar mehr Gästen, auch solchen, die wir nicht so gut kennen. Wir waren ziemlich laut, das behaupten zumindest deine Kollegen. Und genau da hat wohl jemand Angst bekommen und das Zeug dort versteckt, wo ihr es gefunden habt."

„Das mit dem Einsatz wegen Ruhestörung weiß ich. Der Rest klingt wenigstens plausibel, beweisen lässt sich weder das eine, noch das andere. Was ist jetzt mit deiner Schweigsamkeit? Was hat die zu bedeuten?"

Sebastian drehte den Kopf demonstrativ in eine andere Richtung. Doch schließlich antwortete er:

„Andrea wird nicht aufgeben. Mein Sohn ist immer noch schwach und niemand weiß warum. Sela ahnt etwas. Ich will sie nicht beunruhigen. Aber es wäre verdammt schön, endlich aus diesem Krankenhaus raus zu kommen. Sie scheint Andrea zu spüren, und sie träumt wieder mehr. Sie muss vorbereitet werden. Und du auch."

Beltheim nickte. Nun musste er versuchen, den Weg für Sebastian und Sela frei zu schaufeln. Und für sich selbst. Die Ermittlungen hatten viel Chaos hinterlassen. Vor Selas Zimmer angekommen schwiegen sie beide. Unnötiger Weise. Denn Sela begrüßte sie mit den Worten:

„Sie ist hier. Sie will den Körper deines Sohnes!"

Ende Teil 1

Nachwort zu Teil 1

Geneigte Leserschaft! Wir alle kennen unsere eigene Welt. Doch es gibt auch andere Welten, die parallel zu unserer verlaufen. Das bedeutet, alles was wir in unserer Welt verändern, zieht Veränderung in den parallelen Welten nach sich. Die einzige Ausnahme bildet der Tod, der nicht das Ende des Daseins bedeutet, sondern nur die Veränderung der Form einer Existenz. Wobei durchaus auch die Möglichkeit besteht, in allen Welten gleichzeitig zu sterben. Der Vorgang des Ausgleichs ist nicht zwangsläufig derselbe, doch der Ist-Zustand wird immer wieder ausgeglichen. Das Ziel ist es, die Entwicklung auf den verschiedenen Ebenen der Persönlichkeiten zeitnah in vielfältiger Weise erleben zu können. Wer es also beherrscht, in die parallelen Welten zu reisen, kann sich und andere beobachten, und mehr über den <blinden Fleck> erfahren. Jenen Teil von uns, den andere in unserem Umfeld wahrnehmen, nur wir selbst nicht. Diese Form der Selbsterfahrung ist nahezu in Vergessenheit geraten. Hier werden wir damit konfrontiert: Zwei Welten, in denen jeweils Sela und Sebastian auf Umwegen zueinander finden, Beltheim mit seiner Vergangenheit durch neue Erkenntnisse endlich Frieden schließt, während Naemi – alias Lavinia – den Abgrund kennen lernt; und eine Welt, in der ein Mensch mit mörderischem Wesen überlebt hat, der das Liebste in seinem Leben für immer verloren glaubt und auf brachiale Weise zurückholen will, als er von den Reisen in parallele Welten erfährt.
Ich persönlich sage, und man verzeihe mir bitte diese Ausdrucksweise, <This shit will fuck you up.>. Es ist völlig irrelevant, woran wir glauben.
Selbstreflektion durch IFCFR ist heutzutage nicht mehr denkbar. Aber möglich. Ein kleiner Trost für Eingeweihte.

Was uns immer bleibt, sind schlicht die Reisen in unsere Vergangenheit, und die hoffnungslose Hoffnung, auf etwas möglicherweise Unmögliches, die blinden Flecken durch die Macht der Selbsterkenntnis zu erhellen. Der einzige Hinweis dafür lautet, dass ein Mensch nicht lügt, wenn er Entscheidungen trifft.

Teil 2 – Das Stundenglasspiel

Noch immer wütet das Chaos, Beltheim kämpft um seine Glaubwürdigkeit, schweigt beharrlich über seine Quellen, Sebastians Anwälte verteidigen ihn selbst und Beltheim mit allen Mitteln.

Eigentlich sieht es gar nicht so schlecht aus, doch da geschieht etwas, womit niemand gerechnet hat:

Bei Sebastians, Selas, Daveys und Mortems Versuch, das Tor wieder zu schließen, um Sebastians Sohn zu schützen, wird eine tote Frau in ihre Welt katapultiert, in der sie bereits existiert – lebend.

Sela liegt nun in Sebastians Armen und in der Gerichtsmedizin. Eine Verschleierung ist nicht möglich, ein Wettlauf mit der Zeit beginnt, denn die lebende Sela vergeht, Tag um Tag wird sie immer schwächer. Bis Sebastian ein gewagtes Spiel beginnt…